幻想日記店

ゲンソウニッキテン

堀川麻子

「這世上要是有能消除悲傷的藥就好了。我想要的不是像藥草般敷在傷口上會緩緩發揮效用的藥，而是一用馬上就能好的特效藥。」

「就算有，那也不是藥，是毒。」

「可是我現在就需要消除悲傷的藥。」

目次

前言 06
1 逮捕 12
2 策畫 82
3 潛入 155
4 暴走 213
結局 330
後記 333

幻想日記店

前言

一輛白色的輕型卡車緩緩接近人行道，駕駛座上方的擴音器唱歌般不斷廣播著下面這段話：「日記堂，日記堂，需要日記的人請用……來交換。」

幾名國中生一齊發出笑聲：「那是什麼？」

栗耳短腳鵯的叫聲此起彼落：「嘰嘰！」

響著警報器的救護車呼嘯而過：「喔咿喔咿！」

「需要日記的人請用……來交換。」

用什麼交換呢？國中生、栗耳短腳鵯和救護車的聲音遮蔽了廣播，不經意聽到這段話的路人心想下次重播時一定要聽清楚，卻再也聽不到，因為輕型卡車在路肩停下，熄火。

一名身著青色棉布和服的女子打開駕駛座的車門走下車。女子擁有無可挑剔的美貌，踩著符合裝扮的小碎步，每走一步，綁成一束的黑髮便隨之搖曳，手上由五葉木通藤蔓編織而成的籃子也以相同的節奏搖晃，籃子裡有好幾本冊子，每一本都很老舊。

女子踩著草履鞋走在人行道上，腳步聲啪噠啪噠，啪噠啪噠，啪噠。她突然停下，面前有一名白衣男子。男子坐在長椅上，胸前的口袋塞了聽診器和印有藥廠商標的原子筆，憔悴消瘦得像條肉乾。

「請問您是？」儘管女子的年齡看起來與自己的孩子差不多大，男子的態度依舊是彬彬有禮。

女子眼神溫柔地掃視了男子的模樣，一瞬間流露出如猛獸般貪婪的目光，但男子沒看見。

「敝人經營一間日記店。」

「日記店？」男子剛剛似乎在發呆，並沒有聽見擴音器反覆播放的廣播內容。

「專營日記買賣。」來自日記店的女子長髮搖曳，微笑時的雙眸如同兩道彎月。

「真是位美女」男子心想，一時陷入陶醉。

「日記是煩惱與希望的紀錄，同時也是擁有相同煩惱與希望之人的參考。」

「原來如此。」男子心想我該點頭，還是不點頭呢？不過是如此一個小小的決定，卻比預期花更多的力氣。發呆之際，女子將手伸到他的面前。日光穿透已抽出新芽的櫻花樹，在地上落下斑駁的陰影，雪白的手遮住他的視線。

「哇啊！」

男子的臉龐紅如酸漿，他雖然在心裡自嘲「上一次因意識到對方是女性而臉紅已是四分之一個世紀前的事了吧」，臉頰依舊發燙。

「有毛毛蟲。」白晰的手心上，一隻白色毛毛蟲掙扎扭動。

「站在櫻花樹下很容易會有毛毛蟲掉下來，要是被刺到就麻煩了。」

「啊！謝謝、謝謝。」

女子試探地凝視著向她道謝的男子，眼神如同在施展催眠術，也像是老練的刑警或是有點囉嗦的母親，想要套出人家的祕密。

「事情是這樣的，我的獨生子今年春天參加醫學院入學考試落榜了。」

「是。」

女子一臉滿意的微笑，讓男子放心的同時，也湧起一股不安。

妳想聽我說嗎？想。

真的想聽嗎？嗯。

兩人雖沒有說出口卻一再地確認之後，男子終於開始傾訴：「他是個乖巧又善良的孩子，明明一點也不適合當醫生，卻為了我們勉強自己朝這個方向努力。然而這畢竟是他自己的人生，我們身為父母不應干涉。」

「賢伉儷真是偉大的父母。」

女子如此讚美，男子卻陷入沉思。

「我應該如何教導兒子，人生的選擇權其實掌握在自己手上呢？」

「您要先明白人生的選擇權其實掌握在自己手上。」

女子的一句話讓白衣男子大吃一驚。

由於職業的關係，男子經常注意處方藥物何時會發揮作用，然而他沒想過自身也會出現這種變化，更沒想到這不是藥物的作用，而是一句話竟然能讓他如此放鬆。

他抬頭仰望聳立一旁的中央醫院。儘管表面上是為了家人而煩惱，其實他心裡是為了別的事迷惘——無論是對於生病還是健康的人，是不是還有其他的事可以讓我貢獻一己之力？我是不是應該去做那件事？這個疑問許久不曾浮現在男子的意識表層。

「人生的選擇權其實掌握在自己手上——我也有選擇的自由嗎？」

「您想讀日記嗎？」

女子從藤蔓編織而成的籃子裡拿出一本古老的日記本，封面上有手寫的標題——《咖啡攤日記》，上頭還有沾了咖啡和黃芥末的污漬。

「世上也有擺攤賣咖啡這種有趣的生意呢。」

白衣男子收下日記，眼睛不自覺地發亮，如小時候收到人生第一台迷你玩具車的喜悅，在心的最底層流過。

「嗯，嗯。」男子翻閱著《咖啡攤日記》，直到樹蔭下的日光曚上一層陰影，雨滴落在男子的髮旋和日記上。

「這本日記可以賣給我嗎？」

當他開口時，眼前已經空無一人，身著青色和服的女子已坐上輕型卡車，遠處傳來的雷聲和擴音器的聲音重疊，形成雄渾的合音。

「日記堂，日記堂，需要日記的人請用長子交換。」

春風吹起凋謝的櫻花。

這是三年前春天的往事。

第一章　逮捕

1

時值五月，安達之丘上剛抽出新芽的雜樹林形成美麗的迷宮。

繞過周圍開滿鳶尾花的細長水池，剛剛聞到的繡球花香突然變濃。

（原來花的香氣可以傳得比香水更遠呢。）

走在樹蔭下，通過整片如火紅牆面的山杜鵑叢，看到四周開滿鳶尾花的細長水池。

「我果然又繞回原路了。」

迷路了嗎？還是遇上山難了呢？在小鎮中的小山裡遇到山難？

鹿野友哉把兩手插進牛仔褲口袋裡，長長地嘆了一口氣。

太陽已經朝西偏了好一會，背上的大竹簍裡只有父親交給他的水壺。

（手機也顯示收不到訊號，難道是鬼打牆了嗎？）

儘管友哉想找個地方坐下來，但剛剛隨便亂坐招惹螞蟻上身的慘痛經驗讓他不得已只好站著休息。

薄荷茶的香氣穿過鼻腔，從喉嚨傳遍全身。父親無論泡何種茶，總是好喝得令人難以致信。

「咦？」

可能是因為喝茶使得心情平靜吧，剛剛一直沒注意到——山杜鵑叢之間原來有一條小路，跳進了正在休息的友哉視野之中。

「哇！」

山杜鵑叢所形成的花牆後方隱藏著一樣特殊的植物——友哉眼前出現一整片灌木樹叢，全都是茶樹。友哉任由背上的竹簍左搖右晃，直直地走進樹叢中。閃耀光澤的厚實茶葉隨風搖曳，反射著日光，簡直就像一大群小鏡子。

友哉站在茶園中，將臉貼近新芽。不同於烘培過的茶葉，新鮮的綠葉香氣刺激著鼻腔，他摘下一片新芽透光看，可以發現一根根柔軟的細毛閃耀銀色的光芒。

「這就是老爸說的天然茶園吧？」

友哉沒有理由躊躇，動手採起茶來，指尖傳來收穫的喜悅，瞬間擄獲了他的心。茶葉的香氣愈摘愈濃，奇妙的幸福感湧上心頭。剛剛還擔心著遇上山難及要餐風露宿，現在早已拋在腦後。儘管注意到竹簍裡的茶葉愈來愈多，卻沒考慮到時間的流逝，友哉陷入無法形容的興奮，直到竹簍裝滿，無法裝下更多茶葉時才冷靜下來。

抬起頭，發現夜色漸濃，西方的天空只剩下些許彩霞。

（搞不好今天回不了家。）

雖然口很渴，卻已經拿不出放在竹簍底部的水壺。

（還是忍著別喝茶，趁還有一點天光趕快回家吧。）

正當他將腳步轉向剛剛的來時路，回憶如何走來時，山杜鵑花牆一路延伸的小路上，居然出現一名身著和服的女子，穿著白色的日式兩趾襪和草履鞋，綁成一束的長髮隨意垂在背上，肌膚如陶偶般光滑，五官十分細緻美麗。愣在夜色中的友哉之所以可以看得如此清楚，是因為女子愈走愈近。她走在凹凸不平的小徑上發出啪嗒啪嗒的腳步聲。

（得救了。）

在荒山野外迷路時可以遇到人，且又是名美麗的女子，穿草履鞋表示這附近一定有房子或是柏油路，友哉的心中充滿希望，嘴角忍不住上揚，但是眼前的女子卻顯得一點也不親切。

「小偷！」

「咦？」

「你偷了我家的茶。」

「這裡是私人土地嗎？」

友哉轉身環視茶園，背上的竹簍飄出一兩片茶葉。

「對不起，我不知道這裡是私人土地。」

「總之你跟我走。」

女子纖細手指如爪具緊緊抓住友哉的手臂，陷入他的肉裡，害他忍不住哀號出聲。儘管如此，被美女抓住還是讓他有些竊喜。

「呃，真的好痛，可以請妳放開我嗎？」

「不行。」

女子踩著草履鞋靈活地穿過茶園到山杜鵑叢之間凹凸不平的小路，友哉不禁感到佩服，自己卻好幾次差點跌倒。

纏繞於高大樹木上的藤花叢阻擋在友哉和女子前進的方向，女子依舊維持相同速度，走向紫色花叢。

「呃，我們……」

正當友哉想說會撞上時，女子舉起空著的那隻手撩起藤花花穗。她一撩起看似頗有分量的花穗，前方便出現一條道路，原來是垂下的藤花形成簾子，擋住眼前寬廣的道路。

「我不知道這裡有坡道。」

穿過彼此纏繞的藤蔓，友哉跌進平整的道路。

（一切都是謎，無論是這座山還是這個人。）

友哉的視線望向背後茂盛的藤花，再從坡道下方游移到上方。陡峭的坡道從山腳直達安達之丘的頂端，路面沒有鋪設柏油，寬度大約僅容兩輛車擦身而過。

「這裡是安達之丘的肚臍。」

女子此時才露出笑容，臉頰上出現一個酒窩。

「肚臍是指山腰嗎？」

「是啊。」

從藤花叢走下坡道一會兒，兩人走到一個廣場。這條道路是從山腳一路通到山頂，而這廣場如同樓梯平台，道路在經過廣場後又是另一段的爬坡道。

友哉想起剛剛在雜樹林打轉走不出來，有些懊惱。

（要是知道有這條路就不用擔心要露宿野外了。）

女子挑起眼角看友哉，似乎發現他的心思。

「趕快給我過來！」

女子帶友哉來到位於廣場角落，一棟青綠色外牆的建築物，屋簷下掛了一幅毛筆寫的招牌：日記堂。

（「日記堂」是什麼？）

二樓的寬廣窗戶裝有欄杆，形狀特殊的圓形屋頂下方裝飾書本的雕刻，就連對建築毫無概念的友哉看了也知道這棟房子一定非常古老。

「呃，這店還真……」

「怎樣？」

「呃，古色古香。」

友哉覺得這時候得說點風雅的話來誇讚這棟古老的建築，絞盡腦汁才擠出這個形容詞。

「來吧，給我進來。」

女子拉著友哉的手臂走進店裡，友哉絆到門框往前踉蹌了一下。

店裡是舊時商家的形式，玄關的泥地約莫有五坪大，後方是和泥地差不多大小的架高木地板。要走上木地板必須把腳抬得很高才走得上去，這一階落差代替長椅用來坐剛剛好。

（但是為什麼我會在這裡呢？）

日式房屋特有的陰翳加上夜色，使得氣氛更加沉重。

「不准逃走喔，你逃了我也會去追你。」

女子恐嚇友哉之後，脫下草履鞋，跨上木地板。她快步走向櫃台，轉動黑色電話的數字盤。

（這裡簡直是電影場景——不是場景就是古蹟了。）

可能是這家店太古老了，看起來彷彿遠離現實。擦得黑亮的木地板、已變成灰鼠色的灰泥牆、一整面牆的書架和如同展示櫃、明顯已歪斜的玻璃櫃，所有架子、櫃子裡擺的都是本子，從封面寫著草書的線裝本、課本大小的精裝本到印有凱蒂貓圖案的筆記本，應有盡有。

友哉翻開其中一本，歪著頭露出疑惑的表情，裡面是依照日期，以藍色墨水筆寫下的文章。

（這是日記？）

店裡所有本子原來都是日記本。友哉凝視手上拿的本子，想起店門口掛的木頭招牌「日記堂」，一邊伸手想拿其他本子。

「不要隨便亂碰商品。」
一隻雞毛撢子打在友哉的手背，害他把本子弄掉了。
「不要亂丟商品。」
「是。」友哉摸著被打的手背，可憐兮兮地盯著女子看。
「我剛剛已經聯絡你的家長了。」
「為什麼妳會知道我家的電話號碼？」
「哼哼。」女子從和服袖口掏出友哉的手機。
「妳偷了我的手機！」
「你掉在茶園裡，我幫你撿起來。」
「呃，對不起。」
友哉拿回手機，收進連帽外套的口袋裡，發現自己還背著塞滿茶葉的竹簍，這才尷尬地放下。
「呃，我不知道那茶園是私人土地，不過我也不是未成年的小孩，我會負責賠償。」

「那就這麼辦吧。」

女子一笑，眼睛便瞇成彎月，雖然看不出她的心裡在想什麼，不過至少那是一張美麗的笑臉。

「店裡真暗。」女子打開電燈開關。

暖色系的燈光亮起的同時，擺鐘也發出聲響。爬上山坡的三輪貨車沉重的引擎聲和時鐘的報時聲重疊。

2

真美邊翻閱著已過刊的超自然現象雜誌邊說：「好險你平安回來了。」

江藤真美是藝術系二年級的學生，對於重考三次的友哉來說，是小他兩歲卻大一屆的學姊。

友哉今年春天總算考上大學，在江藤真美有些強硬的推薦之下，加入名為「地區研究會」的社團。

地區研究會是個靜態活動社團，辦公室原本是儲藏室，位於通往圖書館大樓的樓梯下方。社團名稱聽起來很嚴肅，其實只是愛湊熱鬧的幾個人組成的都市傳說研究會。

「我不是很想組團去尋找鹿野同學的白骨。」

「我又不是去富士山的樹海，不會變成白骨啦。」友哉反駁時有些生氣又有些高興。

高興是因為可以這樣親膩地和江藤真美說話。友哉正暗戀這位適合六〇年代裝扮的嬌小女生，目前他的戀愛狀態就像捧著天上掉下來的禮物，不知所措。會這麼說是因為真美先對友哉展現出友好的態度，他們經常在公車站、圖書館和學校餐廳等地方巧遇。

好可愛的女生，友哉心想。兩人偶遇了幾次之後，真美主動跟友哉搭話。

「你是文學系的鹿野同學對吧，有興趣的話，要不要來我們社團看看？」

真美身穿奶油色娃娃裝搭配成套的貝雷帽、圓形耳環和漆皮白長靴，打扮得既復古又時髦，歪頭時咚咚咚的節奏，有點像機器人。

愛神的箭咻地一聲，瞬間射中友哉的心。但是他也懷疑這一連串的偶然是為了社團招生。忘了是誰說的，包含戀愛在內的所有人際關係，為了避免日後想起時感到丟臉，應該要嬌傲而非傲嬌。

（我知道啊。）

友哉雖然在真美的邀請之下加入地區研究會，卻不斷苦惱要如何進展到下一步。

（我該跟真美告白嗎？）

感覺真美對自己格外親切，但如果以為郎有情妹亦有意而告白，卻被說「你想太多」而慘遭拒絕的話，那該如何是好？一想到這裡，友哉就更捨不得放棄眼前微小的幸福了。

「所以友哉同學因為偷茶而被扭送警局了嗎？」真美無視於友哉碎碎念念不知在苦惱著什麼，等待他繼續說明偷茶事件。

友哉回過神來，含糊地說：「是不到報警的地步啦。」他嘟著嘴，一副無法置信地說：「但是竟然叫了我爸來。」然後補上一句：「抓住我的是一間日記店的店主。」

「啊，安達之丘的日記堂！」

真美不知為何臉蛋發光，小手拍了一下，隔壁桌子正在討論去露營採訪的社員聽到拍手聲，全都嚇得一起回頭。

「剛剛那是什麼聲音？是靈異聲響嗎？」

學長們正在熱烈討論鬼屋，結果連真美天真地拍拍手也以為是靈異現象，嚇得將桌上攤開的資料都撒到地上了。

「不好意思，嚇到大家。」

真美向大家道歉之後，又轉身面對友哉。

「然後呢？然後呢？你爸爸登場之後怎麼了呢？」

*

友哉的父親在三年前辭去醫師的工作，經營起咖啡店。說是咖啡店，其實不過是改裝三輪貨車而成的攤子。在那之前他是一名外科醫生，長期在醫院執業，正當大家謠傳「鹿野醫生也差不多該自己出來開業了吧」時，他居然宣布眾人意想不到的決定：「我要離開醫院，經營三輪貨車咖啡攤。」

其實從學生時代以來他就一直懷抱疑問：有沒有其他我可以做的事，可以服務到不論是生病的人還是健康的人呢？如果有的話，我是不是就應該去做那件事情？

四分之一個世紀過去了，疑問依舊沒有獲得解決，但是有一天父親說他突然發現人生的選擇權其實掌握在自己手上，發現這一點之後，解答自然地浮上心頭，結果便是這家三輪貨車咖啡攤「萵苣」的誕生。

「我不確定有健全的身體是否就能保有健全的心靈，但是我相信健全的精神某種程度上是可確保身體的健全。」

「所謂病由心生嗎？」

友哉一問，父親稍微皺起與兒子一模一樣的眉毛，陷入沉思：「應該說，健康由心生。」

「那為什麼選擇三輪貨車咖啡攤呢？」

「因為我喜歡三輪貨車，也相信人站在土地上深呼吸喝茶對身體好。」

「你也問問媽媽的意見吧，她反對的話，你也不要太沮喪喔。」

友哉的雙親是大學同學，母親當時已經是鹿野女性診所的所長。

與友哉預測的相反，母親毫不反對丈夫轉行。

「三輪貨車咖啡攤很可愛啊，下定決心去做你想做的事也不錯。」

「媽媽也贊成嗎？」

友哉雖然對雙親的大膽決定抱持懷疑，但是當時他挑戰考醫學院才剛落榜，也不好多嘴。三年後的春天，父親的三輪貨車咖啡攤「萵苣」上了軌道，友哉也總算成為大學生。

對於連續兩年蹲重考班的獨生子，友哉的雙親既不斥責也未曾給予激勵，甚至沒有要求他重新規畫下一步，結果友哉重考兩年之後，終於擺脫自行加諸於心靈的枷鎖，選擇喜歡的文學系，再度重考一年。

＊

「友哉，聽說安達之丘有個天然的茶園。」今天早上友哉的父親對前來幫忙的友哉如是說。

父親的三輪貨車是昭和四十四年出廠的馬自達K360，裝上水槽、瓦斯爐和冰箱等設備的車廂可說是麻雀雖小，五臟俱全。小巧的蒿苣咖啡攤站進老闆一人就很擁擠，友哉之所以經常來幫忙也不單是擔心父親的生意，而是覺得在咖啡攤觀察客人也頗有趣。

經常造訪的老紳士說：「這家咖啡攤是男人的祕密基地」，他太太則是說：「來這裡好像在玩辦家家酒喔。」

老夫妻經常在散步時順路來蒿苣咖啡攤喝一杯，今天早上也一起來訪。他們站在貼了和車身一樣是深藍色的瓷磚櫃台前，一如往常點了蒲公英咖啡。

「說到安達之丘，就會想到小梓，那孩子說在安達之丘遇到可怕的事情。」太太馬上開起話題。

老紳士拿起介紹星期天特別菜單的傳單，邊溫柔地問妻子：「小梓是去採竹筍時被熊追對吧？」

「不是熊，是更可怕的東西喔。」

「被日本蝮蛇咬了？」

「不是，小梓遇到的是更可怕的事喔。」

難道是遇到魔神仔嗎？還是被狐仙騙了呢？不對，比那些都更恐怖。

話題逐漸轉往靈異的方向發展，太太卻只是不斷重複「還要更可怕」，看來這對老夫妻應該是忘了小梓這個人究竟體驗了什麼。

「擇期不如撞日，我們打電話給小梓確認吧。」

「這種事情還要挑日子嗎？」

目送兩人的背影離開之後，父親又回到一開始的話題。

「友哉，你看這個。」

父親拿出市公所發行的觀光手冊，簡略的手繪地圖正中央是圓錐形的安達之丘；德國洋甘菊和魚腥草的花朵四散的插圖正中間豎立著茶樹，星型圖案強調安達之丘的天然茶葉品質優良。

「喂，友哉，聽說安達之丘的天然茶園是歷史悠久的名茶喔。」

父親抬起眼睛望向友哉，像個撒嬌的幼兒。

＊

於是友哉來到山裡採茶，結果遭到和服美女盤問，最後竟然還把家長請來收拾善後。雖然友哉是為了替萵苣咖啡攤採茶而誤闖，不過年過二十的大人居然因為偷採茶而害父母被叫來。

（我真是愧對父母。）

父親開著三輪貨車，一路爬上陡峭的坡道。對於滿載咖啡攤設備的老舊貨車而言，爬上坡道並非易事，完成艱鉅任務的父親因興奮而有些顫抖。

「是身為父親的我要求他來這裡採茶葉，這次就請您網開一面。」父親站在日記堂門口，心急地開口道歉，話才說到一半，突然眨起眼睛：「咦？」

他的視線越過被抓住的兒子，望向女店主。

「您不是日前見過的日記堂店主嗎？原來店開在這裡，真教人驚訝。」

父親上下調整老花兼近視眼鏡，邊走進店裡，剛來時一臉緊繃的表情變成親和的笑容。

「好久不見，不好意思嚇到您了。」

日記堂的店主邀請父親坐在架高木地板上，眼睛望向友哉採來的大量茶葉，長長的睫毛下眼睛露出笑意，瞇成一雙彎月。

友哉不知道父親原來認識日記堂店主，大吃一驚。

「我們已經說好請令郎來日記堂幫忙，當作偷採茶葉的補償，不知您是否能接受呢？」

友哉聽到女店主如此一說，更是大驚失色。剛剛是說願意賠償，但沒說要以工代償啊。友哉想反駁，不知為何突然話梗在喉頭說不出來，結果父親和女店主便一路談下去，最後也不問友哉的意見，兩人便做出結論：「那麼就請友哉從下星期六開始來幫忙吧。」

「不好意思麻煩您了，這傢伙也請您多多關照。」

父親起身鞠躬的同時，也硬按下友哉的頭一同鞠躬。

「這傢伙也」是什麼意思？難不成還有其他人跟日記堂有關連嗎？該不會就是感嘆與店主久別再次相遇的父親吧？友哉的話還是卡在喉嚨裡，最後什麼都沒說地走下安達之丘。

*

「原來鹿野同學的父親和店主認識啊。」

「好像認識的樣子。」

友哉到現在才感到無力以及一種彷彿掉進陷阱的不快。

真美從隔壁桌子拿來觀光手冊，小心不弄傷美麗的指甲邊翻閱手冊。那本手冊跟父親拿給友哉看的一模一樣。

「安達之丘的確因為長了許多藥草而十分有名，但是據說地主很嚴格，就連研究人員也很難進去研究。你看。」

眼熟的插圖下方的確用小字寫著「未經許可，絕對嚴格禁止進入」。友哉和父親一起看手冊時，都忽略了這條注意事項。

「絕對嚴格禁止，這麼不准別人進去啊。」

「鹿野同學啊，我小學時聽說安達之丘下方有幽靈古堡。」

真美機器人般有節奏地歪頭，凝視友哉。

友哉再度忍受愛神的箭射穿心，反問：「真的嗎？」

真美馬上接著說：「騙、你、的」，笑著繼續說：「我剛剛不是提到白骨的事嗎？然後你說又不是富士山對吧？但是啊，據說安達之丘的形狀和富士山一模一樣。因為山勢不高，沒有所謂的林木線，是藥草的寶庫。只是上頭長滿雜樹林，所以看不出來形狀是不是真的跟富士山一樣，但聽說砍掉這些樹來看時就像迷你版富士山。」

「真的嗎？」

「應該也是騙人的，一種都市傳說吧。」

真美塗了粉紅色唇蜜的嘴唇嫣然一笑。

「但是我好羨慕你可以在日記堂打工喔，我以前就很想去那裡看看。身為地區研究會的一員都會想要一探究竟吧。」儘管如此，真美卻以其他社員聽不見的聲音繼續說：「我覺得去那裡可以遇到改變人生的日記，但是進去需要一點勇氣對吧？而且看起來好像不歡迎陌生的客人。」

「確實那棟建築老舊又陰暗，得要有勇氣才能走進去。」

友哉回想起店裡沉重的氣氛，不過真美下一句話又讓他興奮起來。

「鹿野同學去打工時，要是可以帶上我就好了。如果是店員的朋友，我應該也進得去吧？」

「妳真的想去嗎？那裡可是像鬼故事裡會出現的地方喔。」

真美一聽到鬼故事，眼睛便亮了起來。

「對了對了，說到鬼故事，我們小學時不是流行過什麼聽了就會死掉的話嗎？」

「我不想聽啦。」

「我不會跟你說啦，因為說的時候，我聽到也會死掉啊。不對，在那之前，光是聽到就會死吧？要死乾脆一起死，我還是告訴你好了。」

「我沒有問妳，我不會問喔。」

真美又有節奏地歪頭，開心地說：「鹿野同學原來這麼膽小呀。」

3

星期六下午，友哉帶著真美爬上前往日記堂的坡道。

「這條坡道叫飛坡，通往安達之丘頂，好像從中途開始禁止人車進入。」

真美雖然身著短洋裝和高跟鞋，卻輕鬆地爬上陡峭的坡道，友哉原本想配合真美慢慢走，反而變成每走幾步就得小跑步才能追上她。

「無論是安達之丘還是安達平原，據說以前都是姓安達的有錢人家的土地。安達平原從明治時代開始不再屬於安達家所有，但是安達之丘一直到現在都還是私人土地。」

「安達家的土地？」

「安達家的人現在好像是我們大學的名譽理事。」

安達之丘是坐落於安達平原新市鎮正中央的小山，近乎圓形的安達平原新市鎮和位於中央的安達之丘整個加起來的形狀就像一頂草帽。安達之丘雖然是座小山，古人卻視為陰間，一路從山頂通往山腳的飛坡據說是前往陰間的通道。

友哉喃喃自語：「難不成店主也姓安達？」

＊

日記堂的女店主並不姓安達。

「我叫紀猩子。」她將厚和紙製成的手寫名片遞給友哉和真美。友哉看不懂名片上的草寫文字，真美為他依序指著每個字說明。

「這是紀貫之的紀，這裡是猩猩的猩。」

真美小小的指甲很可愛，讓友哉忍不住分心。

「ㄒㄧㄥㄒㄧㄥ？」

「犬字旁，右邊一個星，能劇也有名為猩猩的戲碼喔。」

女店主邊聽著友哉和真美的對話，邊端出泡茶的道具。

「兩位這邊請。」

紀猩子的態度和之前迥然不同，十分親切，身著混棉的水藍色和服，也許是陽光的影響，態度比第一次見面時溫柔。

「我接下來要泡杯好茶。」

紀猩子拿起鐵瓶，將熱水倒進渾圓的小陶壺裡。她說這種小陶壺是泡中國茶的道具，叫茶壺。

「鹿野同學也上來吧。」

「啊，是。」友哉脫下球鞋，走上木地板，從猩子手上接過茶。白瓷茶杯中的淡褐色液體升起大量的蒸氣。

「這是你爸爸做給我的茶，就是用那時候你偷採的茶葉。他將所有你採來的茶葉培好給我，所以我們可以喝上一陣子的好茶了。」

「老爸將所有茶葉培好拿來還妳嗎？」

「是啊，每年我都丟著那個茶園不管，這下子真是賺到了。」

「咦？」

正當友哉想開口說「既然如此，我就不用在這裡打工補償了吧？」時，喝了一口茶的真美搶先一步說話：「好好喝，這是中國白茶對吧？」

猩子點點頭，眼睛瞇成兩道彎月，笑著望向友哉：「這位小姐是？」

「呃！」友哉莫名地緊張，說不出話來。

她是社團的學姊（這樣介紹會不會太冷淡？）——她是我朋友（如果真美對我有意思，說是朋友會讓她失望）——她是我女朋友（這種話我說不出口）。

友哉的話卡在喉嚨裡，真美乾脆地代替他自我介紹了起來：「我們是社團同學，我叫江藤真美，目前就讀藝術系二年級，因為在學畫，很想理解藝術的原形，要是有提到這個的日記就太好了，所以今天跟著來到這裡。」

「藝術的原形？」

「對，無論是音樂、美術或是文學，我們接觸的都是創作者的作品，但是我想知道藝術作品誕生之前的模樣，如果藝術家寫日記的話，應該會描述音樂或是美術成為作品之前近似原形的模樣。如果我能讀到，應該會覺得人生豁然開朗吧。」

「原來如此，藝術的原形，嗯，那麼……」

猩子臉上展露出店主應有的認真神情，環視滿牆的書架。

「這本應該適合妳。」

猩子正要搬起一旁的墊腳凳，突然一大群人湧入店裡。

「哇！」

黑衣集團的成員有男有女，有老有少，所有人都一臉怒意。真美和友哉嚇得擺出相同的姿勢，忍不住往後退。

「歡、歡迎光臨。」

友哉想起自己從今天起在這裡工作，趕緊笨拙地招呼客人。仔細一看，發現他們身上穿的其實是普通的喪服。

（穿著喪服，所以是剛參加完喪禮或是法會？）

他們大概是親戚吧？好幾個人都擁有一樣壯碩的骨架、方臉和令人印象深刻的鷹勾鼻。

「喂，妳過來一下。」一名疑似眾人代表的中年男子朝猩子招手。

「是。」猩子轉身面對客人，跪坐在木地板邊緣。

身穿喪服的一行人嚴肅地環視店面。呼喚猩子的男子像是咬耳朵似地小小聲地說：「我們正在找東西。」低語的聲音聽起來非常粗啞且攻擊性十足，聲量雖小卻響遍全店。

友哉逃也似地躲到店的一角，真美對他咬耳朵：「喂，鹿野同學，那些人是香取虎一的遺族，我前天去看牙醫時翻閱週刊，看到報導說他們正在爭奪遺產。」

「香取虎一是誰？」

「有名的西洋畫家，上個月剛過世，今天大概是為他做法事吧。」

友哉和真美說話時，後方的黑衣集團的人紛紛開口：「我來買我先生的日記，他應該有一本日記裡面寫著遺言吧。」

「對，丈人喜歡拿他的財產來釣我們，以此為樂。」

「姊夫，這些家醜不要拿出來在這裡說。」

「沒差啦，反正媒體都已經寫出來了。」

「香取虎一喜歡定期更改遺書內容。拿著繼承遺產的權利，玩弄我們這些親戚，一下子改成對那個人有利，對這個人不利，看著我們為了遺產忽悲忽喜，引以為樂，簡直低級！」本來竊竊私語的人也愈說愈大聲。

「應該有一份交代最終遺產分配方式的遺書。」

「根據律師的說法，最後的遺言寫在日記裡。祕書說老爹委託他拿來這間店，我們好不容易追查到這裡。」

「馬上把那本寫了遺言的日記還給我們！當然我們不會讓妳做白工，但是如果妳為了維護已經死去的人而刻意隱瞞的話，我們也已經準備好因應對策。」他們愈說愈火爆。

友哉和真美兩人互望，以眼神向對方表示「氣氛真糟呢」的同時，感覺到遠方的空氣一震。碰碰！

「他連死了都給我們找麻煩，就算是愛算計也該有個限度啊。」

「那老頭早點死掉就沒空找我們麻煩了。」

碰碰、碰碰。

沉重的碰撞聲以一定的節奏響起，且愈來愈大聲，就連為了日記而奮慨不已的黑衣集團也注意到而抬起頭來問：「這是什麼聲音？」

「我以前在書上讀過類似的場景，原本已經埋進墳墓裡的人復活，回來找家人算帳，也是像現在這樣出現碰碰、碰碰的沉重腳步聲。」真美對友哉咬耳朵的內容傳到神經繃緊的香取氏一族耳中。

「難道……」說最多壞話的香取太太害怕地用雙手摀住嘴巴，「難道是惹出這些問題的壞心老公聽見我說他壞話，生氣地從地獄回來找我嗎？」就連友哉都看得出來，香取氏一族皆做如是想。

碰碰！

腳步聲響了好大一聲之後停了下來，看來是來到店門口了。友哉、真美和香取氏一族都全身僵硬，盯著最後發出聲音的那個方向。

「那是什麼？」

日記堂的玻璃門前方豎立了一個奇怪的形狀，像是長腳的金字塔，奇怪的模樣簡直像是特攝超人片裡會出現的怪物，可以說是「日記怪人」吧。

「你是誰？」友哉反射性地將真美推到背後，挺身而出。他深呼吸了一口氣，才發現對方是個滿手抱著日記的壯漢。

「友哉，幫他開門。」只有猩子神色自若，舉起手指揮友哉。

友哉急忙跑向門口，花了點力氣才打開有些歪斜的玻璃門。

「謝謝。」抱著大量日記的壯漢從高出友哉一個頭的高度傳來一聲道謝，聽起來像是遠方的雷聲。這名壯漢個頭高大、肩膀寬闊，全身壯得好像只有肌肉細胞，看上去活生生像是美國英雄漫畫裡的超人真人化，只是不知為何穿著郵差的制服。

「包裹。」超人郵差俯視友哉，同樣以聽起來像是遠方雷聲的聲音說。

郵差似乎要把手上超越包裹規模的物品交到友哉手上，友哉邊後退，邊招呼他進店裡。郵差又踩著沉重的腳步，跨過玄關泥地，把包裹放在架高的木地板上。站在泥地的友哉和站在木地板的猩子等人之間出現日記堆積而成的小山，看不見彼此的身影。

香取氏一族嚇得瞠目結舌，只能傻傻地看著郵差的一舉一動。雖然已經埋進墳墓的故人化為鬼魂出現在面前會很可怕，但眼前這名彷彿超人化身的人物也是氣勢十足，壓倒眾人。

「配送主任要我轉交禮物給妳。」超人郵差從胸前的口袋拿出一個小盒子，親手交給站在日記堆陰影下的猩子。相較於方才手裡大量的日記和渾身肌肉的體格，他手中的禮物顯得可愛過頭。五公分大小的正方形禮盒以綴著金線的細緞帶打了個蝴蝶結。

「爸爸要給我的？」猩子收下時，表情有些困惑。

猩子
無聊的時候可以拿來玩
登天

「鬼塚先生，可以請你幫我傳話給爸爸嗎？」

看來超人名叫鬼塚，猩子開口要他幫忙，口氣十分不悅。她從青色袖子裡伸出手來，指向超人搬來的日記堆說：「我得看完這全部的日記，哪裡會無聊？而且一切還不都是爸爸的錯？」

「我會轉告他。還有其他事嗎？」

鬼塚先生似乎毫不在意猩子話中帶刺的態度，只是堅毅地回答。

「可以幫我清一下你平常整理的地方嗎？」猩子指向櫃台旁的大木箱。

「啊，長持木箱之歌裡提到的長持木箱！」真美抓住友哉的肩膀，吃驚地低語。

長持木箱是江戶時代人們收納衣物的箱子，也用來運送嫁妝。當有婚禮舉行的喜慶時刻，眾人會唱民謠長持木箱之歌來祝賀。

「真美真的知道很多事情呢。」

友哉敬佩地看著木箱之際，鬼塚先生已經走上木地板，一臉嚴肅地俯視那個木箱，為厚重的木板所組成的木箱蓋起厚重的蓋子，裡面似乎還裝滿了日記。

（看起來好重。）

友哉忍不住按了按自己的肩頭。

但是鬼塚先生拿起箱子卻像拿外送用的箱子一樣輕巧，連喊聲「嘿咻」也不必便跨出步伐，但是每移動一步，地板便嘎嘎作響，可見這箱子有多重。走下玄關泥地穿靴子時，他一手壓住箱子綁鞋帶的靈活模樣，大家看了都忍不住拍手喝采。

鬼塚先生可能是發現大家為他拍手而高興吧，鬆開下巴的肌肉，露出微笑。

「祝各位今天愉快，我先走了。」

「我來開門，請等一下。」友哉趕緊打開老舊又傾斜的玻璃門，鬼塚先生像是通過自動門般走出日記堂。

（要是我門開得遲了，鬼塚先生搞不好會撞破門而去。）

在友哉的目送之下，鬼塚先生吟唱著真美說的長持木箱之歌，朝山腳的反方向——山頂走去。

剛剛真美說飛坡通往安達之丘的頂端，鬼塚先生為什麼要往山頂上爬？山上會有什麼呢？友哉想追上去問，但他的腳步實在太快，碰碰碰的沉重腳步聲和長持木箱民謠逐漸遠去，只剩低沉的音頻仍持續撞擊友哉的耳膜。

「比、比起這些事，我們要的日記究竟找到了沒！」

似風神又像雷神的鬼塚先生一離開，原本陷入暫停狀態的香取氏一族又恢復了精神，回過神來凶惡地說：「我不知道老爹是怎麼跟妳說的，但今天我們也不打算輕易退縮。」

今天是友哉第一天來日記堂上班，他覺得擋住這些惡狠狠的客人是自己的工作，急忙回到店裡。

「我來找找看。」相較於怒氣沖沖的客人，猩子若無其事地起身，往返於幾面牆上的書架之間，尋找香取氏一族口中寫著遺言的那本日記。
盯著猩子看的一行人經不起久候，有人流起淚、也有人語出威脅。
（事態好像很嚴重。）
猩子以符合和服裝扮的優雅動作緩緩搜尋著書架各處，而真美的身影則消失在店面後方。
正當友哉苦惱於不知該幫忙猩子還是學真美離開這混亂的現場時，真美已端著托盤回到店裡，托盤裡放了好幾個白瓷茶碗。
「這是中國白茶。」真美不怎麼熟練地將茶端給站在玄關泥地的客人。
「這是連中國的皇帝也很愛喝的茶，現在倒給大家的是目前當紅的咖啡店店主以特別的茶葉自製的。」
「真難得。」
「謝謝妳特意泡珍貴的茶給我們喝。」
身著黑衣的一行人表情放鬆，端起茶碗，大概是這美味的白茶起了作用，大家都露出平和的神色。

見場面平靜下來，真美接著說起對畫家香取虎一的讚美。

「我在大學學習繪畫，之所以會選擇這條路正是因為看到香取先生的作品，不過我看到的不是真跡，而是國中美術課本上的介紹。」

「原來是在課本上看到的。」

香取氏一族的視線都集中在真美身上。

「那個壞心的阿伯，好歹做過這點好事。」看起來最年輕的鬍子男開口，其他人也心不甘情不願地表示同意。

結果真美泡的茶和小小的讚美帶來魔法般的效果，香取氏一族的憤慨轉成身為知名藝術家親戚的驕傲。

「伯父來我家，總是對著我家的貓素描。他其實對動物一點興趣也沒有，只有我家的貓特別受他喜愛。」

「他以前常常陪我玩傳接球，能和香取虎一玩傳接球的人，這世上可沒幾個。」

香取家的人各自炫耀自己與亡者之間的小故事，正當大家講得熱絡時，猩子走下墊腳凳，說：「不好意思讓各位久等了，目前並未發現各位所尋找的日記，下次造訪之前，我們必定事先準備好，可否請各位改天再來呢？」

香取家的人抱怨歸抱怨，還是聳聳肩膀，點頭表示同意。

「這也是沒辦法的事。」

「老爹究竟要玩弄我們到什麼地步呢？」

猩子送走這群邊抱怨邊走出日記堂的人之後，又趕緊回到店裡。

「真美謝謝，妳真是幫了我一個大忙。」

「不客氣，不過我說喜歡香取虎一的畫作可不是隨口胡謅的喔。」

真美正要收拾起茶碗時，另一位客人與身著喪服的一行人擦身而過，來到日記堂。

4

新來的客人與香取氏一族迥然不同，是名中年男子，看上去似乎是經歷過不少人生風雨而事業有成的企業家，身著符合渾圓體型的夏季西裝，手工訂製的皮鞋在腳上閃閃發光。

「我是第一次來到這裡，可以進來嗎？」

這位新來的客人似乎被黑色衣服集團所吸引，就連跨過門檻了都還回頭往飛坡看去。

「剛剛那群人，我好像看過他們。」

他這麼說，但友哉覺得這位新來的客人也很眼熟。

（但是我想不起來這個人是誰。）

友哉偷偷地觀察對方別具特徵的模樣：無論是臉型或體型都十分飽滿圓潤，看起來很有福氣，灰白夾雜的頭髮剃成貝克漢頭卻合適得令人驚訝，臉頰好像兩個紅豆麵包黏在臉上，看起來十分可愛。

「這裡有讀了之後人生豁然開朗的日記嗎？」

貝克漢頭紳士說了和真美一樣的話。

「我希望可以咻咻咻地吹散心中的烏雲。」

他原本在胸前合十的雙手在說到「咻咻咻地」時短短的手臂鬆開上舉。

「您要找讀了可以打起精神的日記嗎？」

猩子邊收拾茶碗，邊回應。她起身前往店後方拿出一壺紅茶，動作流暢如行雲流水。

「對，我一直以來都拚命工作，不斷向前衝，然而人生至此，突然覺得我這輩子就這樣好嗎？我做的事情真的有意義嗎？一這麼想，夜裡便睡不好，還會心悸。如果雙親在世，我會請他們訓斥我一番，不幸的是他們都在我年輕時就過世了。」

「來杯紅茶好嗎？」猩子端出紅茶和橘子果醬，貝克漢頭紳士明亮的表情變得更加開朗，他搓搓手，在紅茶裡加入大量橘子果醬。

「賣日記真是一門獨特的生意呢，雖然我很想說您眼光獨到，但請恕我失禮，這門稀奇的生意真的賺得了錢嗎？」

這問題確實是非常失禮，然而由這名微胖的紳士說來便不令人覺得尖銳。

「世上有許多人需要日記喔。」

猩子拿出一本皮革封面的古老日記，面帶笑容，美麗極了。

「日記中記載的多半是無聊的日常生活，吃了什麼，見了誰，打掃很麻煩，旅行時買的陶瓷器打破了……，然而無聊的日記也是幸福的紀錄，讀了令人心靈平靜。日記中的日常生活會讓讀者將自己的心情投射其中，讀到和自己境遇相同的日記也能讓人心情放鬆，在字裡行間發現彼此有著相同的煩惱，對於毫無意義的日常生活能產生共鳴，儘管實際生活並未有什麼正向的改變，至少會覺得非常安心。」

「安心也許就是正向的改變。」友哉插嘴說，猩子也點點頭。

「閱讀日記具有這兩種效果。」

另一方面，把日記送來日記堂的人也別有目的。

「日記是最新鮮的書籍，就算是以前的日記也很新鮮。」

「這是什麼意思呢？」貝克漢頭紳士很認真地問。

「日記是純粹的人生紀錄，不同於網路上的部落格和已編輯成冊的自傳。部落格和自傳都是以被人閱讀為前提而寫，日記卻是寫給自己看的紀錄。」

猩子在這裡停頓一下又低聲呢喃：「所以日記之中常躲藏著言靈。」

友哉聽到這句話，莫名地打了個冷顫。

「您說言靈嗎？」

貝克漢頭紳士似乎覺得很奇妙，猩子擠出職業笑容，繼續說下去：「對寫日記的人而言，並不希望自己的日記被別人看到，另一方面，日記又是一個人存在的證明，所以就算不再寫日記了，或是想到死後的問題，總是很難輕易地就將手邊的日記處理掉。」

「您說得沒錯，其實我這幾年也寫了日記，要是被別人看到就糟了。儘管如此，我還是不想把日記丟掉，畢竟那也是我辛辛苦苦寫下的紀錄。」

「是啊。」猩子滿心同意地附和。

「無論是天天寫還是每個月寫一次，日記都是作者傾盡心力寫下的人生紀錄，因此不願意讓人任意閱讀，就算是家人或朋友也一樣，不過若能將日記交給適合的讀者，卻是一件幸福的事。」

「幸福？」

貝克漢頭紳士拿起木頭湯匙，把沉在杯底的橘子果醬刮乾淨放進嘴裡，苦著臉反覆說道：「好甜，好甜。」

猩子看了他一會兒，才把膝蓋上的皮革封面日記遞上。

「您看完滿意之後再付款即可。」

「真是良心事業，小姐不僅人美，心也很美。」

貝克漢頭紳士拿起日記，又恢復原本的開朗幽默，但是他沒有馬上翻開日記，只是盯著皮革封面看了許久。「我還是再想一下好了，想想自己是不是夠格看別人的日記。」

「這又是一個有智慧的決定，我真是小看您了。」

「妳這麼一說，我都不好意思了。」

紳士把日記還給猩子，一股作氣起身，鞠躬。鞠躬時上半身前傾，臀部往後翹的模樣非常適合他圓滾滾的體型，格外可愛。貝克漢頭紳士如同小丑般鞠躬之後，臉上掛著溫柔的職業笑容：「不好意思，打擾了。」

「日記堂隨時歡迎您。」

猩子報以微笑，友哉則笨拙地點頭致意。

「到時候再麻煩您了。」

紳士雀躍地走到門口，再次回頭點頭致意後，瀟灑地走下飛坡。

「阿伯雖然面臨中年危機，還是充滿活力呢。」

真美洗完茶碗，從廚房走出來。

廚房是狹長的泥地，再往裡面走似乎就是猩子住的地方，古老的招財貓坐在架上，張著金色的眼睛瞪視友哉。

「什麼是中年危機？」

猩子回答：「就像是歐吉桑的青春期。大半輩子都在努力工作的人到了中年時會出現這樣的撞牆狀態，面對人生的下半場，想起生活是一日復一日，就會煩惱這樣下去真的好嗎？於是心情陷入低潮或是生病卻查不出原因。」

「但是剛剛來的那個歐吉桑看起來很有精神。」真美拿出草莓圖案的手帕邊擦手邊說。

猩子沒有回應，只將橘子果醬放回托盤，然後伸手從書架上拿出陳舊厚重的日記本，這本日記已褪色到無法判斷原本的顏色，破爛不堪。

「這本日記可以讓真美的人生豁然開朗。」

「哇。」

真美開心地收下似乎會跑出書蟲的日記本。友哉從旁窺視，發現日記裡並排著如埃及象形文字般難懂的字跡。

「這是誰的日記呢？都沒有寫名字。」

真美馬上埋頭讀起光是看懂一個字都很辛苦的日記，友哉感到十分佩服。

「日記是全然的隱私，多半不會寫名字，就連身邊的人也都用姓名開頭的字母代表，也許是因為自己知道就好而省略，或是擔心別人看到，所以使用簡稱。無論出於哪種理由，都是潛意識下的行為。」

「這麼一說，我也覺得。」

真美把日記收進她閃亮亮的肩背包。

「妳讀了滿意再付款就好。」

「哇，謝謝，那我也差不多該走了。」

真美聽到猩子說出和剛剛那位客人一樣的計價方式，高興得瞇起眼睛，她向猩子恭敬地鞠躬之後，對友哉揮揮手，走出日記堂。

友哉原本以為可以跟真美相處久一點，她一走馬上就像洩了氣的皮球。目送真美離去的背影時，猩子不知何時走到他的身邊，嘆了一口氣：「那孩子真是細心，如果是她來打工就好了。」猩子的口氣明顯表示不滿。

「我又不是自願來這裡打工的。」

「少囉嗦，跟我來。」猩子無視於友哉的抱怨，抓住他的手臂。

友哉第一次見到猩子時便驚訝於她的臂力，高大的友哉被猩子拉著，走出店外，來到後面的庭院。

「好痛、痛、痛。」

日記堂從正面看來不過是間方形的店面，後面其實在雜樹林的掩飾下有片極富野趣的庭院與日式平房。兩棟當作書庫的白牆建築，就連一片遮雨板都看得出來歷史悠久。

「好有氣氛的房子。」

「謝謝。」

踩著彷彿漂浮於苔蘚上的石頭，穿過蔥鬱的楓樹樹蔭，猩子才終於放開友哉。眼前有一間倉庫，裡面的柴火堆積如山。

「今天是第一天，不要太勉強。」

猩子指的方向堆了砍成好幾塊的原木，粗大的樹幹上插了一把斧頭。

「請問，這是什麼意思？」

猩子畏光似地瞇起眼睛，仰望戰戰兢兢開口的友哉。

「看了也知道，這就是你的工作。」

「已經五月了，為什麼還要劈柴呢？」

「我都用木柴燒的水洗澡，柴火燒的熱水很溫和，洗起來很舒服喔。」

「那關我什麼事？」

「不要抱怨，你想要我報警把你這個採茶賊抓起來嗎？」

猩子突然變聲恐嚇完友哉後，便踩著草履鞋啪噠啪噠地走回店裡了。

「可是茶不是還給妳了嗎？」

友哉有生以來第一次拿斧頭，這輩子第一次砍柴。一開始雖然做不好，掌握到要訣之後便很輕鬆，劈柴的聲音、手起刀落的感覺都很令人爽快。

「啾嗶哩！」鳥啼聲有時聽起來像是講話聲，友哉覺得有些怪異。

（剛剛那位高大壯碩的郵差好像是姓鬼塚來著？他來砍柴的話一定很輕鬆吧？）

友哉手上做著不熟悉的工作，流下的汗水逐漸冷卻的同時，邊回想著剛剛過去的那一段濃密的時光：和真美一起渡過一小段假日、看到香取家族成員來勢洶洶的模樣以及後來出現更加令人過目難忘的鬼塚先生。但是濃縮還原的回憶當中，最令人印象深刻的還是日記堂的店主。

（鬼塚先生叫猩子的父親配送主任，所以他在郵局工作？猩子剛剛稱父親為「爸爸」，這稱呼還真是普通得教人意外。）

忍不住笑出來的友哉身邊已築起一座柴薪小山。

「呼。」他把劈好四散的柴薪集中到倉庫的牆邊，再次深呼吸。撇開被迫勞動的不滿，在與雜樹林融為一體的庭院裡揮汗勞動，感受乾爽的風拂面而來，其實還滿舒服的。

（用柴薪燒的熱水來泡澡應該很舒服吧。）

「啾嗶哩！」野鳥在友哉上方發出奇妙的叫聲。在牠的目送之下，友哉回到日記堂。

「辛苦了。」比起室外更早變暗的店裡已經點起燈，間接照明的燈籠散發紅色的光芒，燈光映照在書架一角的小巧玻璃瓶上，反射出光線。瓶子裡裝的是珍珠色粉末。

「啊，那個是我爸爸送給我的禮物，說是貝殼碾碎而成的粉末。」

猩子注意到友哉的視線，隨性地拿起小瓶子給他看。瓶子裡的粉末說不上是桃色、銀色還是水藍色，不斷流動變化的美麗色彩就像夕陽沉入海中時海洋的顏色。

「好美喔。」

「你慢慢看吧。」

猩子隨手將瓶子遞給友哉，他趕緊接住。

「爸爸有時會送這種很小女生的東西想討我歡心，實在很煩。」

猩子的口氣跟青春期反抗父母的國中生沒兩樣。

「猩子的父親在郵局工作嗎？」

「嗯，他還挺長壽的。」

長壽的意思是說他已經退休了嗎？友哉的問題正要脫口而出時，猩子看著他滿身木屑和灰塵的模樣笑了起來，她從袖子裡掏出手帕，為友哉抹去額頭上的汗水。友哉楞住，驚呆的表情之下卻又有種無以言喻的幸福感在心中蠢動，純棉手帕擦在臉上感覺非常舒服。

「對了，你也需要日記吧。」

「我嗎？」

「你願意的話，讀讀這本日記吧。」

猩子的口吻雖然溫柔，卻強硬地塞了一本學生筆記給友哉。那筆記本十分老舊，封面的一角已摺到，整體泛黃。

猩子指著鉛筆寫的標題《猶豫日記》，同情地望著友哉。

「日記內容是說一個優柔寡斷的人喜歡上好多人，他無法向喜歡的人告白，也無法確定對方是否也喜歡他，同時又出現其他欣賞的人……」

友哉把裝了海洋顏色粉末的小瓶子還給猩子，將《猶豫日記》抱在胸前。奇妙的是友哉的心也跟這古典的角色一樣猶豫不決，正好符合這日記標題。

（難道猩子發現我喜歡真美，又有一點欣賞她嗎？）

「乖乖。」

猩子突然像個長輩摸了摸友哉的頭，儘管猩子的動作如歐巴桑，友哉還是臉紅了。

5

三輪貨車咖啡攤「蒿苣」星期天固定在公園東邊擺攤。

坐落於公園對面的珊瑚紅建築物是友哉母親開的鹿野女性診所，友哉家則是診所旁邊的小房子。不僅是診所，母親就連自家的外牆都刷成粉紅色調。姑且不論美觀與否，住家和倉庫的牆壁選擇不同深淺的粉紅色，整體形成粉紅色的漸層。

「你不覺得粉紅色很可愛嗎？」喜愛粉紅色的母親每個星期天都很期待去咖啡攤幫忙。

她雖然宣稱不會干涉咖啡攤的經營，卻又設計了星期天的假日特餐，還插手很多事情，比方說梅子冰沙、雜糧鬆餅和五穀飯糰都是母親的作品。假日特餐甚至還賣得比父親固定菜單上的茶好，讓父親很不甘心。

儘管母親愛插手咖啡攤的事務，卻又擔心會有急診病患而無法離開醫院太遠，因此三輪貨車咖啡攤才會固定每個星期天在母親診所附近的公園東廣場營業。星期天的公園總有許多人來來往往，結果母親就連難得的假日也總是十分忙碌。

「唉呀是真美，歡迎光臨！友哉，好久不見。」

雙親身穿同款式的圍裙，對真美和友哉招手。一名年輕的媽媽抱著幾個月之前在鹿野女性診所誕生的小嬰兒來到咖啡店，小嬰兒張開沒有牙齒的嘴巴笑了。

「難得你們兩個一起來，要不要幫我試吃飯糰呢？」

「試吃前先幫忙洗碗。」

「那我負責吃飯糰，鹿野同學負責洗碗。」

真美邊說邊拿起新推出的飯糰來試吃了。

友哉和真美在咖啡攤幫忙，過了中午才終於可以鬆一口氣。

「我聽爸爸說你在一個很有趣的地方打工？」

一閒下來，話題便轉到友哉的新打工。

「日記堂的店主人很好，那間店的氣氛很好。」友哉的父親說道。

「對啊，真的是很有趣的店喔。我上次去剛好遇上畫家香取虎一的遺族蜂擁而來，可能是因為大家都穿著喪服的關係吧，個個看起來都好有氣勢。」

「你說遺族，意思是香取先生過世了嗎？」原本在擦眼鏡的父親手滑了一下，連眼鏡掉到地上都沒發現，看著真美的眼神中充滿疑惑。

「嗯，是上個月的事，藝術紀念館正在舉辦追悼展，到下個週末。」

「原來如此，原來他走了。」

父親長期在醫院工作，面對死亡時得保持冷靜，但是友哉明白父親其實並不擅長隱藏情緒，尤其是在悲傷時他的眉毛和嘴角都會明顯往下撇。

「老爸認識香取先生嗎？」友哉撿起眼鏡，交給父親。

「你爸曾經是他的主治醫生，轉行之後，他也常來捧場。」

「嗯，在中央醫院附近的人行道擺攤時，正在住院的香取先生經常來光顧，還送我畫，說是慶祝萵苣咖啡攤開張。」父親的眉毛依舊向下撇，口氣卻難掩得意。

「真的嗎？好羨慕喔！」

「真美說她最喜歡香取虎一的畫。」

「那就讓妳欣賞欣賞吧，等一下。」

父親從狹小的貨車中拿出一幅裱框的畫，約明信片大小的油畫。

在海上遇難的船隻倒在沙灘上，波浪不斷拍打傾斜的船身，白色的文殊蘭盛開在畫面的前方。友哉費了一番功夫才看出來胭脂紅的簽名寫著「T.Katori」。

「慶祝開張的畫居然畫船難，真是不吉利。」友哉父親說。

「這話還真失禮，船難可是我的拿手題材。」香取先生憤怒的表情好像獸面瓦，不過他又得意地加上一句：「要是我死了，這畫可值錢的咧。」

「可以再買一台三輪貨車嗎？」

「那還不簡單。」

香取先生因為接受治療而無法前來時，友哉父親也曾經外送茶到醫院。

「我上個月陷入昏迷差點死掉，那時候我夢見你的咖啡攤，好想喝你泡的薄荷茶。」

友哉父親外送了好幾次，後來聽說香取先生轉院之後就沒見過他了。

「想到再也不能讓香取先生喝到我泡的茶，就覺得很難過。」

聽到父親念念有詞地說著這句話，友哉的胸口莫名湧上一股暖流。比起遺族猙獰的表情，有人如此為自己的死亡哀悼，想必故人也會感到高興吧。

「鹿野同學，我買的日記裡也提到蒿苣咖啡攤的薄荷茶呢。」

「啊，妳說那本字寫得跟埃及象形文字一樣的日記？妳居然看得懂！」

「寫日記的人也是個阿伯，他在日記裡寫說生病時多虧蒿苣咖啡攤的薄荷茶，喝了覺得好像因此延年益壽。」

「妳該不會買了那本日記？」

「嗯，猩子小姐問說賣我一萬圓可以嗎，我想這個價錢我付得起，就買下來了。」真美平靜地點頭。

「一、一萬圓？」友哉驚訝地大叫。

「因為那本日記讓我學到很多啊，好像繼承了一個人的人生精華，感覺很奢侈呢。」

友哉的父親把香取先生留下來的畫小心翼翼地收回貨車裡。

真美看著友哉父親說：「差不多就是那樣、令人想好好珍藏的感覺。」

＊

友哉一到日記堂，發現香取虎一的遺族正站在玄關的泥地上。他們已換下喪服，套上華麗的服裝。一大群盛裝打扮的客人站在店裡，讓原本陰暗的店內看起來彷彿重新裝潢過。

（不對，真的重新裝潢了。）

之前鬼塚先生搬來的日記堆已經放入新做好的書架。但是書架的配置很奇怪，是在櫃台前方，也就是猩子接待客人的位置旁邊。臨時做好的幾個書櫃平行擺放，看上去很不穩定。

（看起來好像骨牌，好危險啊。）

書架上的日記像是來不及整理，總之先堆成一落一落的樣子，雞毛撢子丟在旁邊，溼抹布則掉在木地板上，看來似乎是猩子打掃店面到一半，吵吵鬧鬧的香取氏一族就跑來了。

「我找了很久，不過看來本店並沒有收到香取先生的日記。」

猩子跪坐在玄關的木地板上，對客人低頭道歉。

香取氏一族雖然不抱希望，站在最後的年輕鬍子男還是替所有人出聲抗議：「上回我們來的時候，妳不是說一定會找到嗎？」

「妳之前不也說妳找過，新到的日記堆得像座山，妳到底讀過沒有？散落在那邊的日記，妳全都檢查過了嗎？」

鬍子男說著說著，就要走上木地板。

「這些……」

猩子是想說還沒看嗎？還是要說不要隨便碰呢？

正當猩子想起身之際，鬍子男突然發瘋似地衝上木地板，卻一腳踩到地上的抹布而滑了一跤。

「嗚哇！」鬍子男失去平衡，發出怪叫。他倒在其中一座不甚穩定的書架上，書架發出傾軋的聲音。接下來發生的事情就像慢動作影像，卻又快到沒有人來得及應對。

友哉眼中像是骨牌般排列的書架就如同他料想的那樣一個接著一個倒

塌，隨意放置的日記也全部掉落，簡直像是瀑布般渲洩而下。

「哇啊啊啊！對不起！」跌倒的鬍子男大叫。倒塌的書架和日記掉落的聲音掩蓋他的吶喊，老舊的紙張和木材的灰塵揚起四散。

「啊！」友哉在店門口看到這番情景，發出小女生似的尖叫，差點要昏倒。

書架和日記的殘骸居然堆疊成如同富士山的美麗圓錐形，猩子小姐也被埋在正下方。

「猩子小姐猩子小姐猩子小姐……」友哉分不清這是出自他口中的吶喊還是腦中的回音，也顧不得還穿著鞋子便衝向書架和日記堆疊而成的小山。他搖了好幾次頭，拚命甩掉腦中浮現鮮血從小山下方緩緩擴散的畫面，徒手挖開書架和日記。

「大家也來幫忙啊！猩子小姐會死啊！」友哉回頭大喊，那是他自己也沒聽過的高分貝，發現有人移開日記又哭著拜託：「謝謝，但是動作請快一點。」

「咦？」

並不是香取家的人動手幫忙。不對，根本沒有人幫忙。圓錐狀的小山整個震動了起來，日記與書架的殘骸自行滑動，殘骸中突然冒出一隻白晰的手，抓住蹲在地上的友哉小腿，白皙的五根手指深深掐入他的肌肉。

「哇！」

「哇什麼哇啦！」

原來那是猩子的手。

她轉動手的角度，宛如潛水艇的潛望鏡。友哉還以為小山又要開始晃動時，猩子卻筆直起身，小山山頂被畫為兩半，這畫面彷彿是搞笑版的波堤切利〈維納斯的誕生〉。

猩子有點不高興地俯視腳邊日記與書架的殘骸，拍拍青色和服的袖子，調整衣領。令人驚訝的是無論是猩子還是她身上的和服，就連一根頭髮和一條纖維也沒受損。

「怎、怎麼會這樣？」

猩子無視於友哉的驚訝，對著香取氏一族瞇起眼睛，露出微笑。

「所以……」

「是。」

撞倒書架的鬍子男和無法動彈的其他人全部一起立正站好。

猩子指著化為殘骸的日記小山，客氣地說：「這些日記是你們來造訪時才進的貨，因此毋須擔心當中混雜各位所尋覓的日記。」

香取虎一的妻子拉著鬍子男的袖子，走出玄關泥地。另一名中年男子似乎是香取家的代表，對大家使眼色，催促大家走出日記堂。他是擔心猩子以傷害罪控告他們呢？還是覺得遭逢意外依舊若無其事的猩子很可怕呢？疑似香取家新主人的中年男子擺出金剛力士的姿勢與笑容像是保護退至身後的家族成員般。

「哈，哈哈哈。」

「有什麼好笑的？」友哉故意嗆他。

「老爹說把寫了遺言的日記拿來這裡可能又是他的惡作劇，相信最後的遺書應該還在家中某處吧。」

「應該喔。」

「我們也是很忙的，就在此告辭了。」

香取家的代表最後留下「飛天遁地也要找出老爹的日記」一句話，便推著大家走下飛坡去了。

「他們回去了呢，搞不好是怕害猩子小姐壓在日記底下會被罰砍一百年的柴吧。」

「我才不會這麼過分呢，沒禮貌。」

猩子對著木地板上的一片混亂嘆氣，友哉心想反正等一下打掃的工作一定會落在自己頭上，決定先走出店門去看看香取氏一族逃走的模樣。

「好像繼承了一個人的人生精華，感覺很奢侈。」友哉想起真美對他說的話。繼承日記會感受到如此奢侈的幸福，應當要心存感激才是。

（可是那些人竟然……）

友哉回到店裡，低聲呢喃：「那些人真是活該。」

「說到香取先生常常改遺書的事，」猩子擺擺手像是在斥責友哉的毒舌，接著翻開帳本。「根據最新的遺書所示，香取虎一先生要將他所有財產捐贈給最後照顧他的安寧病房，但是他常常更改遺書，家人認為還有更新的遺書。不對，與其說他們認為有更新的遺書，不如說……」

「他們希望有更新的遺書吧。」

「沒錯，香取先生本來就不太喜歡那群人，常常更改遺書也許是出於惡意，但是當他發現自己壽命將盡，終於寫下了真正的遺書，不過，那些人還是不願相信吧。」

「既然如此，祕書拿來這裡的遺言日記又是什麼呢？」

「日記裡寫滿了香取先生真正想流傳後世的事情，那才是藝術家真正的遺言，只是內容從頭到尾沒有提到錢，都是藝術論和人生論。」

香取虎一的日記沒有記載任何人，包括自己的名字，不僅沒有日期，也沒有日常生活的紀錄，因此猩子認為嚴格說來那並不算遺書。

「猩子小姐妳讀過了嗎？可是妳不是說那本日記並不在日記堂……」
「嗯，我已經賣掉了，所以不在店裡。」猩子一副事不關己的模樣。
友哉望著猩子冷淡的側面，想起在公園的對話。
（老爸好像說過香取先生曾經對他說……）
「我上個月陷入昏迷差點死掉，那時候我夢見你的咖啡攤，好想喝你泡的薄荷茶。」
（真美讀的日記裡提到……）
「生病時多虧蒿苣咖啡攤的薄荷茶，喝了覺得好像因此延年益壽。」寫日記的人似乎也夢見了蒿苣咖啡攤。
父親拿給友哉看的香取虎一的畫上頭有像是埃及象形文字的簽名，寫著「T.Katori」，真美買的古老日記裡似乎也是如埃及象形文字般難懂的字體。
「難道妳把日記賣給了真美？」
「答對了。」猩子以袖子掩口，端莊地笑了。
「那個孩子應該可以好好理解香取虎一留下的話語，將來一定可以成為西洋畫家香取虎一最後也是最徹底繼承他思想的弟子。」

「哇，猩子小姐，妳這個人實在是……！」

明明知道遺族想要那本日記，居然還賣給別人。不是只有香取虎一才會玩弄香取氏一族，猩子的行為也是一樣。想到這裡，突然覺得自己剛剛說他們「活該」很不好意思。

（不過就算讓遺族看了那本日記，裡面的內容他們也不會感到滿意。）

猩子看著木地板上小山似的日記與書架殘骸，美麗的臉上掛著笑容。

「友哉，這裡就麻煩你清理了。」

「我就想妳會這麼說。」

「唉呀唉呀，還會頂嘴呢。」

猩子的口氣很開心，從殘骸中拿出一兩本日記。

「我長期以來一直在尋找某本日記，不過怎麼找都找不到，收來的日記又愈來愈多，乾脆就開起店來買賣日記。」

「喔。」

這還是猩子第一次說明這家奇妙商店的由來。

「猩子小姐妳要找的是什麼樣的日記呢？」

「世界上最有價值的日記，不對，也許是世界上最沒有價值的日記。無論如何，在找到之前，我無法停止這門生意。」

「希望妳趕快找到，我才能重獲自由。」

猩子小姐興味盎然地望著友哉努力堆疊那散落滿地的日記，絲毫沒有要出手幫忙的意思。

「對了，我拿給你的日記如何？有用嗎？」

「嗯，我讀了非常感動。」

友哉拿到的是本寫著一名舊制高中的高中生同時單戀兩人的隨筆。以圓鈍的鉛筆寫著整齊的楷書漢字夾雜歷史假名（譯註：日本明治時代的假名標示方式，目前流通的是昭和時代統一的標記方式），記錄十分任性卻又苦澀的戀情。

主角一見鍾情的對象是身著西式洋裝的摩登女孩，然而與此同時他從小思慕的大姊姊也來到他們學校擔任代課老師。

他同時單戀著活潑的摩登女孩和堅毅獨立的大姊姊，深受罪惡感所苦，感嘆兩人對自己的感情並非愛情。再繼續這樣下去的話，他會一直無法向任何一方告白，且兩人終有一天都會離開他身邊。

文章透露著十分無奈的心情，字裡行間彷彿可以聽見寫作者的嘆息。友哉和作者雖然相隔百年的歲月，卻也不禁同情這名寫作的人，好幾次都讀到眼眶泛淚。

「寫那本日記的人自私又膽小，看了真的很令人不耐，但是內容簡直是我的心聲，我看了就停不下來。」

「那你要買吧？」

「是，我很想要，我要買。」

「請付一百萬圓。」猩子伸出嬌小的手。

友哉一副了然於胸的模樣，在零錢包裡一堆十圓與一圓硬幣中，找到一枚一百圓的硬幣，放在猩子手上。

「這是什麼意思？」猩子面無表情地拿起百圓硬幣。

「一百萬是老梗吧，就像豆腐店的大叔每次找錢時……」

「咳、咳！」猩子誇張地咳嗽，打斷有哉的話。

「我說一百萬圓就是一百萬圓，一百張一萬圓鈔票或是一百萬枚一圓硬幣。」

「我怎麼可能付得起？」

「既然如此，就用打工來抵吧。以你的時薪換算，就是要做白工兩千五百個小時。」

「咦？」友哉眼盯著猩子，從櫃台拿出算盤，在算盤上打出清脆的聲音，不久之後得出不可思議的數字。

「你會用算盤算除法嗎？這麼年輕居然會用算盤，真厲害。」

「是，我一直到上國中之前都在家附近的算盤才藝班補習。」友哉害羞地抓抓臉頰之後又一臉緊繃地說：「所以我的時薪只有四百圓？這不是比最低工資還低很多嗎？」

「總之已經決定你要做白工兩千五百小時了，以後還請多指教。」

「這種要求太亂來了。」友哉臭著臉跺腳，古老的木地板發出快斷裂的聲響。

「你要是破壞店面，我會再跟你加收修繕費用。」

「為什麼真美的日記只要一萬圓，我卻要一百萬呢！算了，我不買了，還給妳。」

「要退貨的話，一樣得付一百萬圓。」

「我要去消基會控告妳。」

「要是你敢這麼做，以後你找工作面試時，我就跑去揭露你是偷茶的小偷；你娶老婆的時候，我也會跑去喜宴上告訴大家你是小偷；然後……」態度惡劣的猩子突然移開視線。

「啊，友哉！」猩子的雙手突然抓住友哉的手臂哀求。

「怎麼了嗎？剛剛受傷的地方痛起來了嗎？沒事吧？」

「不，友哉，你看……」

猩子的視線落在打開的大門外，追逐著在廣場上散步的大白熊犬和牠的飼主。如同白色積雨雲的大型犬脖子上綁了牽繩，握著牽繩的是一位撐著洋傘，氣質高雅的女子。

「那隻狗剛剛在繡球花旁邊大便，友哉，拜託你趕快去打掃！」

「是、是！」

這世上很少人能違背猩子帶著憤慨的哀求，此時友哉也徹底忘了時薪四百圓、兩千五百小時的白工和不合理的威脅。在猩子的催促下，他跑去後方的倉庫尋找打掃的工具。打開沉重的倉庫門扇，好不容易才找到畚箕和夾子。正當友哉一路小心不要踩到美麗的苔蘚而跑回來時，撐著洋傘的女子已經帶著愛犬走下坡道了。

（應該先跟飼主抗議才對。）

友哉努力清除落在繡球花旁的狗大便。

第二章　策畫

1

梅雨季即將來臨，吹來含帶水氣的微風。

隔開宅邸與道路的灰泥圍牆，說是一路延伸至視線的盡頭也不為過。擁有大筆資產的安達家原本就是大地主，現在的宅邸腹地依舊不可小覷，裡面坐落了老爺的宅邸、別館、老老爺的房屋和新蓋的西式建築，卻一點也不擁擠。

西式風格（老爺一直攻擊這點）的新房子設有座木製露臺，一對情侶在露臺上聊著梅雨時節的溼氣。

「溼度高，皮膚才不會乾燥。」

五官扁平的女子舉起纖纖玉手，撫摸自己的臉頰，她身旁一隻如一片積雨雲的大白熊犬從午睡中醒來，打了個哈欠。

「溼度高，珍貴的書本會發霉。」

回話的男子長相有如歌舞伎演員般俊美，但面積卻很大，安達家老爺老是嘲笑他的大臉說：「你不能穿高領的衣服吧，因為衣服套頭時會卡住。」

男子突然想起老爺嘲笑他「不能穿高領衣服」而皺起眉頭。每當自尊心受傷時，他總是想聊些知性的話題。

「妳知道紀貫之的《土佐日記》開頭是怎麼寫的嗎？」

「日記雖然是男人寫的東西，身為女人的我也想來寫寫看……大致是這樣吧？」女子小小的眼睛露出笑意，一手撫摸著大白熊犬的背部。

「但是《土佐日記》的作者明明是男的，為什麼要故意這麼寫呢？真是想不通。」

大白熊犬抖動如同積雨雲的背部，打了一個大哈欠。

「如果這麼說呢？為了宣稱《土佐日記》是整本都在寫反話，所以作者紀貫之在日記開頭才故意寫得讓人覺得莫名奇妙。」

「如何證明它是在寫反話呢？」女子為了跟上話題，探出身子。

男子重振精神，端正的大臉也和大白熊犬一樣打了個哈欠。

「《土佐日記》的某一處寫了日記中不應該有的——也就是悖於事實的欺瞞。另外，紀貫之也在《古今和歌集》的開頭寫著：『言語無須注力，即可撼動天地』。」

「這是咒語嗎？像是天靈靈地靈靈之類的？」

女子不知自己說的話會引來何種反應，混雜期待與不安的表情實在好笑，就跟她飼養的大白熊犬沒接到飛盤而跌倒時一樣。

他會笑嗎？還是會啞口無言呢？

男子啞口無言地笑了，又為了圓場而急忙地深呼吸了一口，聽來像是嘆息。

「小百合總會說些可愛的話呢。」這句話脫口而出，語尾明顯充斥不滿。男子想要可以更加深入討論的對象，非常需要有這樣的人！

「雖然一般認為《竹取物語》作者是無名氏，但我支持作者是紀貫之的假設。」

「久二彥老是說些很難懂的話題。」

女子投降般舉起雙手，這時這座廣大宅邸的主人穿過給這對年輕情侶的西洋庭園走來。

「父親大人來了。」

單薄的銀髮梳成七三分，黑框眼鏡搭配和服，跟老老爺簡直就像一個模子刻出來的，安達家每一代老爺都像得可怕，客人看到迎賓室裡裝飾的全家福，不免有股荒唐無稽的恐懼油然而生——他們家該不會所有人都是複製人吧。

「久二彥，你不要老向我可愛的獨生女炫耀一些無聊的冷知識。」

男子隱藏在俊美大臉後方的腦袋默默思索：這種毫不留情面的說話方式該不會也是代代遺傳的吧？

身著和服的刻薄老爺——男子未來的岳父揮手催促兩位年輕人。

「你們兩個，出門的時間到了，要去拜拜，不能讓神明等。」

受到催促，男子從椅子上起身，但站到一半便停下動作，以不自然的姿勢停住，女子與父親驚訝地盯著男子端正的臉龐、修長的上半身和出乎意料地短小的雙腿。

「喔，喔，喔。」

一頭銀髮的安達老爺像是看到稀奇的事物高興地拍起手來。

「小百合，我第一次看到人閃到腰的瞬間。」

大白熊犬看到老爺高興也跟著開心起來，巨大的身軀以無法想像的輕巧腳步奔向無法動彈的男子。

＊

友哉正在打掃日記堂的玄關泥地。

（為什麼今天也跑來了？）

無論是偷茶的賠償還是被迫做白工二千五百個小時，都不過是猩子單方面不近人情的要求，只要清楚明白地拒絕，馬上就能獲得自由。儘管如此，本來應該用來認真念書或是至少打個可以領到錢的零工的時間，友哉還是耗在日記堂裡免費做事。這一切究竟是自己人太好，還是為了可以見到美麗絕倫的猩子，反而自願來到日記堂呢？

（怎麼可能？不會的、不會的。）

友哉搖頭搖太大力，頭都昏了。他站了一會兒，環視日記堂裡古意盎然的布置。

（這裡還真是個漂亮的地方。）

仔細觀察，友哉才發現原來身邊淨是昂貴的古董，供他使用的書桌旁是信樂燒的大壺，平常用的杯子也是高級得會令人顫抖的珍寶，視線轉向後方，可以看到一整排明治時代製造的市松人偶。

日記堂與世隔絕的氣氛之所以華美，全都緣自於這些古老、遠遠超乎人類年齡的物品，萬一不小心弄壞，別說二千五百個小時了，可能得一輩子做白工。

「可是再怎麼說，我也不用乖乖聽話到這種地步吧！」

「友哉，你在說什麼？」

聽到友哉的自言自語，猩子的眼睛露出笑意。

在古董環繞之下的猩子也跟市松人偶一樣，總是穿著和服。進入六月，猩子的和服也從袷衣換成沒有內裡的單衣，顏色還是跟之前一樣是青色，棉麻布的質感更加襯托猩子冰山美人的容貌。

「猩子小姐無論什麼時候看起來都很輕盈呢。」

「謝謝，不過其實一點也不輕喔。」

猩子總是以穿和服不方便行動為由，叫友哉去劈柴、打掃庭院和修剪樹枝等等勞動，讓友哉不像個店員，說是猩子的僕役反而還比較貼切。

友哉滿頭大汗回來，恨恨地瞪視猩子一副清爽的模樣。

「猩子小姐好像很涼快的樣子。」

「穿和服啊，一旁看的人覺得很涼快，穿的人其實很熱。換句話說，我是為了世人而穿和服的。」

猩子一臉冷漠地說著，一邊打開怎麼看都不覺得可以接收數位電視電波的電視。厚重的十四吋映像管電視上放著貴賓狗毛線娃娃和室內天線。

「怪盜花竊賊陸續行竊美術館與藝廊。根據專家分析，怪盜花竊賊事先寄送預告信的犯罪手法顯示犯人是典型希望藉由騷動引人注意的自我陶醉人格……」電視主播說道。

「怪盜花竊賊是誰？」猩子把帳本放在膝蓋上，不可置信地問道。

原本在閱讀被迫花一百萬圓買的《猶豫日記》的友哉抬起頭來說：「妳不知道怪盜花竊賊嗎？最近電視新聞都會提到吔。」

「電視新聞很無聊，我不太看。」

「猩子小姐講話真像小孩子。」

友哉一笑，猩子細長的眼睛便散發銳利的目光，望向友哉。

「友哉，我命令你大略說明那個怪盜花竊賊的事情。」

「是是是，所謂怪盜花竊賊是……」

怪盜花竊賊是令人聯想到古裝劇中的竊賊，總是先寄發預告信，說明何時犯罪和要偷竊的物品後再行竊。收到預告信的人和警方一開始都以為是惡作劇，沒想到怪盜花竊賊是真實存在，也一如預告地犯下罪行，而且還是接二連三地下手，他的手法類似古典的大眾小說，不會帶來任何傷害，也絕不對一般老百姓出手，但無論警備多麼森嚴，他總能輕鬆完成目標。

「總而言之呢，怪盜花竊賊就是……」

怪盜花竊賊就是現代的負面英雄。每當怪盜花竊賊寄出犯罪預告，被鎖定的藝術品在森嚴的戒備之下仍遭到偷竊，人們表面上是皺起眉頭，卻在心中為其喝采。

「我參加的社團雖然叫做『地區研究會』，其實只是一些愛聊八卦的人聚在一起，這陣子根本已變成怪盜花竊賊的粉絲俱樂部。」

友哉之所以能夠像電影預告片般活靈活現地描述怪盜花竊賊的事蹟，都是因為常聽地區研究會的學長們聚在一起討論關於怪盜各種虛實夾雜的八卦。

「您好，可以進來嗎？」

熱烈討論的兩人發現門口有人，急忙端正姿勢。

「啊，您是之前來過的客人。」

走進玄關泥地的是上個月也曾來訪的貝克漢頭紳士。他上一次來時，恰好遇上穿著喪服的香取氏一族，所以友哉記得很清楚。紳士頂著一頭灰白夾雜的頭髮，身材渾圓，個性開朗，打扮洗鍊。

「嗨，大家午安，天氣已變得很熱了呢。」

微胖的紳士精神奕奕地打招呼。

「但是看到店主穿著和服的清爽模樣，感覺熱氣都消散了，像我這樣容易流汗的人，看到您美麗的容顏比吹冷氣還涼快。」紳士流暢地恭維著。

上一次他來訪的動機是希望找到可以咻咻咻地吹散心中烏雲的日記，但是友哉怎麼看都不覺得他有這個需要。猩子又是怎麼想的呢？她和平常一樣，優雅地從櫃台中起身，走到玄關的木地板，重新坐下。

「那天之後還好嗎？您決定好要讀日記了嗎？」

「嗯，我想我還是需要日記。」活力充沛的貝克漢頭紳士張開短短的手指，伸出雙手。

友哉看到這動作，突然想起他究竟是誰。「您該不會是『佐久良的甜蜜橘子果醬』的佐久良肇先生吧？」友哉大吃一驚，盯著對方瞧。

「啊，被發現了嗎？」貝克漢頭的紳士一臉得意，笑得連圓滾滾的肚子都跟著一同晃動。

親眼見到以前只會在電視上看到的人令友哉十分感動，他衝向前請求佐久良先生和他握手，又興奮地轉向猩子：「他是在電視購物節目裡也大受歡迎的『佐久良的甜蜜橘子果醬』的社長！」

「您好，我是佐久良肇。」貝克漢頭的紳士從胸前的口袋拿出名片。

「哎。」猩子拿起名片，比對名片和當事人，露出難以言喻的奇妙笑容。

「我很喜歡『佐久良的甜蜜橘子果醬』，一點也不會苦，到底要怎麼煮才能煮出這麼溫和的味道呢？」

「這是商業機密，所以不、能、說。」佐久良先生擺出完美的職業笑容，伸手撫摸頭髮的頂端。

「沒想到佐久良先生這麼小氣呢。」猩子嘟著嘴，從書架上拿出一本日記。

這次的日記和上次那本有厚重的真皮封面不同，深紅色的封面上撒了亮粉，十分華麗。該說作者可愛還是可笑呢？居然用黑色麥克筆在介於超沒品味與超可愛之間的封面，寫上大剌剌的標題：《酒店小姐奢華日記／島岡真理子》

「嗯，來看看是寫著什麼樣內容的日記？——嗯，那算是兩眼交會嗎？我走在路上什麼都沒想，只是眼睛和一名身邊帶著女友的男生對上時，我和對方彼此微笑，沒想到那女生居然打了我一巴掌！這種狀況不是應該甩自己男朋友巴掌嗎？我跟店裡另一個小姐民惠提到這事，她卻說百分之百是我的錯！但是店裡的客人聽了都很同情我，宇津井醫生還送我一百朵玫瑰花，只是沒多久他太太就寄了一百片剃刀給我，大家的個性都好激烈啊。為了買個可插下這一百朵玫瑰的花瓶，害我錢包大失血，真糟糕。今天學到的教訓是收下一百個會令人開心的東西之前，應該仔細考慮一下是否真的該收。」

佐久良先生念出開頭的一小段便忍不住笑出聲來，這時候電視上正好播出「佐久良的甜蜜橘子果醬」廣告，眼前的紳士站在十四吋的新力特麗霓虹映像管電視機裡，伸出食指開朗地說：「三十分鐘以內打電話訂購的朋友，附贈一罐新產品「加倍甜蜜橘子果醬」，免付費電話0120……」

「啊，不好意思，我打個電話。」猩子忍不住想訂購，佐久良先生阻止了她，說：「下次來我再帶『加倍甜蜜橘子果醬』給妳。」

說完之後，便將《酒店小姐奢華日記》放在木頭把手的公事包裡。

「讀完這本日記就能消除心中的苦悶嗎？」

佐久良先生紅潤的臉蛋有一瞬間失去笑容，那是自他第一次造訪日記堂到現在唯一一次顯露出如此陰沉的神情。「人生真是苦澀呢。」他嘴巴上雖然這麼說，臉上卻已掛著精神飽滿的笑容。

友哉本來想配合佐久良先生微笑，猩子卻慌張地拍了他的背。

「啊，友哉、友哉，那隻狗又來了！」猩子從袖子中伸出白皙的手臂，指著走過店門口的女子。

「對吔，她今天也沒帶清狗大便用的垃圾袋。」

問題人物牽著如同白雲般的大白熊犬散步，毫不在意地讓狗大便直接掉在地上。

「友哉，拜託你去警告她！」

「是。」

那名淑女身著奶油色的洋裝，頭戴寬帽簷的帽子，牽著大白熊犬緩緩散步，一手抓著牽繩，另一手按著帽簷的姿態十分優雅。

「不好意思，請等一下！」

大白熊犬和女子的步伐看來悠哉，卻意外地快速。友哉匆忙地套上球鞋，一不小心被鞋帶絆倒，啊的一聲跌個狗吃屎，雙手雙腳張成大字形，全身貼在又乾又硬的地面上。

（也太丟臉了。）

上次跌倒是小學運動會的時候。友哉因為驚訝與尷尬，全身僵硬，以大字形貼在地上。

「您還好吧？」五官平凡卻分外優雅的大白熊犬飼主向他遞出手帕，精緻眼妝下的小眼睛流露擔心的神色。

「沒受傷吧？」淑女為友哉擦去臉上的泥土，她寬大的帽簷遮去一半孟夏日光，在友哉臉上形成陰影。

「您跑得很匆促呢，怎麼了嗎？」

「還不都是因為妳……」友哉正想抱怨時，視線在歪著頭的狗狗和飼主之間游移。大白熊犬一臉忠誠，維持「坐下」的姿勢。

（這隻狗看起來好像在笑。）

受到大白熊犬的影響，友哉邊起身也跟著露出微笑。

「這隻狗真大。」

友哉也覺得自己的行動莫名其妙，卻還是摸了摸狗狗的頭。

大白熊犬應該是在主人的愛心與良好訓練之下成長，只見牠溫馴地抬起頭，望向友哉。

「嗚嗚。」聽起來不像狗的叫聲更讓友哉覺得可愛。

（這傢伙真是可愛。）

友哉完全忘記自己為何而來。

「這是妳習慣的散步路徑嗎？」

友哉多嘴一問，卻得到出乎意料的答案：「對啊，安達之丘是我家祖傳的土地，可以隨性地在此散步。」

「難道您是安達之丘的地主嗎？」友哉環視前後左右的雜樹林和一路延續到山腳的漫長坡道。大白熊犬和飼主跟隨友哉移動視線，露出相同的微笑。

「您是猩子小姐店裡的員工嗎？」

「我是來打工的。」

「猩子小姐和我算是遠親。」帶著大白熊犬散步的淑女又說出令人預想不到的回答。她看到友哉吃驚的表情並未進一步的說明，只是催促愛犬起身。帽簷的陰影一離開，強烈的日光便照在友哉臉上。

「我先走一步了。」淑女踩著嬌小的雙腳走下飛坡。友哉舉起一隻手回禮時，她已經走遠了。

「喔，友哉，原來你在這裡。」佐久良先生無聲無息地出現在友哉背後。他會如此親切直呼友哉的名字，也是出於成功的企業家與人為善的特質吧。

「店主為了狗大便的事情好像很氣憤，真是個愛乾淨的人呢。」

「該說她是愛乾淨呢，還是……」

正當友哉感嘆地想要傾訴對於猩子的怨言時，他突然發現佐久良先生背後的藤花叢中似乎有個人影。佐久良先生看到友哉的表情，也一起轉頭望向雜樹林。

「怎麼了？難不成樹林裡有熊嗎？」

「不是熊，但是好像有人。」友哉探出身子窺視樹林，感覺好像聞到不同於森林的香氣，似乎是茉莉花茶的氣味。這股味道雖然和父親在蔄荳咖啡攤泡的茶味道不一樣，卻令人懷念。

聽友哉這麼形容，佐久良先生也張大圓圓的鼻孔聞呀聞。

「這不是茶，好像是入浴劑的味道。」

講到此，友哉便想起還得去劈柴。佐久良先生看到友哉沮喪的樣子，便伸出小而厚實的手粗魯地揉了揉他的頭。

「心無雜念地工作也不是壞事喔。」

佐久良先生隨意亂摸了幾下頭令人感覺溫暖，友哉的胸口不禁熱了起來。

（如果能在這種老闆底下工作就好了。）

友哉茫然地想著「大學畢業後想進『佐久良的甜蜜橘子果醬』工作」，目送佐久良先生離去。

「佐、佐、佐久良的甜蜜人生……」佐久良先生哼著自己公司的廣告歌，走下飛坡。

友哉目送了一會佐久良先生的背影，回到日記堂。

「你到底有沒有確實警告她啊？」猩子站在狗大便旁，懷疑地問。

「既然狗主人是妳親戚，妳直接跟她說不就得了嗎？」

友哉一回嘴，猩子的嘴巴便撇了下來。

「你看，我還特地從倉庫拿來給你。」猩子冷冷地遞出畚箕和夾子。

帶著大白熊犬的淑女和猩子兩人長相和個性迥然不同，但背影和走路方式卻莫名地有些相似。想到這裡，友哉回頭望向飛坡，已經不見淑女的身影，取而代之的是頂著貝克漢頭的佐久良肇先生搖晃著圓滾滾的身體走下飛坡，身影愈來愈小。

2

下午友哉撢過書架後，腳底感到輕微的晃動，且每隔一次呼吸那搖晃便更加強烈，慢慢地伴隨著沉重的腳步聲出現，書架上的日記隨之輕微震動，書架本身也發出晃動的聲音。

「哇！」

如夕陽西下時海水顏色的小瓶子從擺裝飾品的架子上掉了下來，是猩子在郵局工作的父親托人送給她，裡頭裝著貝殼粉末的那個小瓶子。

「危險！」

友哉雙手接住小瓶子，貝殼粉末在瓶子裡翻動像是迷你海洋掀起波浪，而原本在他手上的雞毛撢子則正好砸在他腳指甲的根部。

「好美，啊！好痛！」

友哉發出哀號的同時，沉重的腳步聲也更加響亮，而後嘎然而止。

友哉將裝有貝殼粉末的小瓶子收進櫃台上收納信件的盒子裡，急忙跑向正門口，忘記腳上的疼痛。

「等一下，我馬上開門！」

站在玻璃門後方的是郵差鬼塚先生，他渾身肌肉，雙手抱著多到堆成金字塔型的日記。友哉每次看到他都覺得若不幫忙開門，他恐怕就會破門而入，因而習慣趕在他之前打開門，但其實鬼塚先生抱著這麼一丁點的貨物，別說要開門，就算要綁鞋帶也不成問題。

「包裹。」

「辛苦你了。」

友哉在日記堂工作了一個月，終於習慣不時來訪的鬼塚先生有如遠方雷聲的低沉嗓音。

「請放這裡。」

友哉伸手比向木地板，鬼塚先生也熟練地放下日記堆。以往他會順帶抱著猩子已塞滿其他日記的箱子就走，然而今天他卻盯著櫃台後方直看。

「鬼塚先生，找我有事嗎？」

原本在後面縫製市松人偶衣服的猩子似乎發現鬼塚的視線，踩著日式二趾襪啪噠啪噠地走出來，猩子腳步輕巧和鬼塚先生沉重的腳步聲相比是完全相反，然而節奏卻很接近。正當友哉如是想時，鬼塚先生嚴肅地開口：「登天先生想跟妳去唱歌，今天十七點在中央一丁目的『卡拉OK龍』等妳。」

「我才不要去。」猩子繼續盯著手上人偶的和服說。

「唱歌也算是孝順他老人家，別等到日後子欲養而親不……。」

「辦不到。」

鬼塚先生的話都還沒說完，猩子就已從鼻子冷哼了一聲。和鬼塚先生講話時，不對，是提到她父親時，猩子便像個青春期的國中生似地說話帶刺。友哉一針見血地指出猩子的反抗態度，她便冷冰冰地盯著友哉說：「友哉，你要是再說話這麼沒大沒小，我就扣你薪水。」

「我本來就是在做白工了啊，有差嗎？」

「你真笨，要是我把你的時薪減半，你當長工的時間就得加倍。」

「長工？又不是在演時代劇。」

結果鬼塚先生說服了猩子，猩子說服了友哉，最後決定大家一起去唱歌。猩子嘴巴上一直說不要，卻換上難得出現在她身上的暖色系和服，是桃色與胭脂紅相間的條紋和服，繫上染織紅色牽牛花圖案的白底腰帶，唯有那繫在腰帶上的裝飾品看起來怪怪的，很像發育到一半的動物胎兒。

「這是勾玉喔。」

勾玉是《古事記》（譯註：日本最早的史書）中也曾出現的古代飾品，課本裡所刊載的勾玉照片多半是翡翠或瑪瑙等貴重的天然寶石切割成雷根糖狀，再加以琢磨而成，但是猩子配在華麗腰帶上的勾玉卻是褐色的塊狀物，上頭還有看似皺褶和血管之類的東西。

「很可愛吧？看起來像不像勾玉？」

「有一點點可怕。」友哉擔心被扣薪水，說得很委婉。

「嗯，這也是爸爸給我的，說是一種中藥材，可能是兩棲類還是什麼生物曬成的乾吧。」

「果然……」

猩子無視於膽顫心驚地盯著飾品的友哉，兀自東張西望，環視四周。

「話說是爸爸找我們來唱歌，結果他人呢？」

「剛剛跟丟了，我去那邊看看。」

鬼塚先生從「卡拉OK龍」的正門走出來，恰巧聽到猩子的自言自語而回應她，旋即敏銳地觀望四周，走向大馬路，發出和平常一樣沉重的腳步聲，大步通過停車場。

猩子一隻手把弄著那有點噁心的裝飾品，另一隻手推著友哉的背。

「我們去那邊看看吧。」

「卡拉OK龍」旁邊是電動遊樂場、保齡球場和拉麵店，電動遊樂場和保齡球場中間冒出一縷白煙，猩子指的正是那一帶。猩子踩著草履鞋前進，發出和平常一樣的腳步聲。沒多久，啪噠啪噠的腳步聲突然停止，猩子叫了一聲：「啊。」

原本大步走向別的方向的鬼塚先生此時也從前方的陰影處冒出來。從他兩手肌肉隆起的狀態來看，兩隻手分別提的大水桶裡應該裝滿了水。

「唰！」

鬼塚先生的雙手畫出美麗的圓弧，潑出水桶中的水。水潑向一位矮小的老人。老人正站著烤篝火。現在明明是孟夏，他不知從哪裡收集來落葉生火。

友哉正思索著這裡怎麼會有篝火時，水桶裡的水便對著一縷白煙澆了下去，耳邊同時傳來水花和篝火熄滅的聲音，老人驚訝地抬起頭來。

矮小的老人一看就知道至少超過米壽，頭上殘留棉絮般的白髮，和篝火澆熄後冒出的煙一起隨風搖曳。

「爸爸！你在這種地方生火，會給店家造成麻煩！」猩子發出前所未有的怒吼。

烤篝火的老人埋在皺紋中的眼睛泛淚，可能是被煙燻的吧。

「我在烤馬鈴薯，想說可以帶去給大家吃。」

「不准做好孩子不能學的事情。」

猩子大聲罵完，便一個人踩著草履鞋唰唰唰地走進卡拉OK。

友哉苦惱著應該是要趕緊跟上猩子，還是該安慰失魂落魄的老人亦或幫忙打掃被澆熄的灰燼，矮小的老人從西裝外套胸前的口袋拿出名片遞給他。

「你就是鹿野先生吧，我家女兒平時多虧你照顧了。」

老人小聲說完，露出笑容的模樣宛如一尊木頭雕塑。友哉看著老人，不知為何想起日記堂中隨意擺放的古董。

登天郵局　配送主任

登天

地點：位於狗山南坡　北坡

友哉想起鬼塚先生叫猩子的父親「登天先生」。

登天先生和猩子雖然是父女，姓氏卻不一樣，難道是出於什麼特殊理由嗎？登天先生說自己在郵局工作，姓氏是和工作地點一樣嗎？登天是姓氏的話，那麼名字是叫什麼呢？

（狗山在哪裡？這種標示法算地址嗎？）

友哉心中浮現許多疑問，究竟該問還是不該問呢？然而看到登天先生仰望自己，眼神中透露出孩子般的真誠直率，友哉心想總之先點頭示意。

友哉點了頭，鬼塚先生一把抓住他的衣領，將一團熱呼呼的東西塞進他手中，原來是以鋁箔紙包住的烤馬鈴薯，絲毫沒有因為澆了大量的水而變涼。

「好燙、好燙。」友哉拉起外套，包住烤馬鈴薯，結果又被馬鈴薯燙到跳起來：「好燙！好燙！」

鬼塚先生以他豪壯的嗓音呢喃說：「我要唱鄉廣美的歌」，便大步走進「卡拉OK龍」的大門。

登天先生佇立在澆熄的篝火前，仰望夕陽西下的天空。

「鹿野先生，天空很美呢。」

友哉也跟著抬起頭，仰望呈現暖色系的孟夏夕陽，彷彿登天先生送給猩子的貝殼粉末變成全景圖。

*

登天先生唱的歌，友哉一首也沒聽過。

二拍子的曲子聽起來十分慷慨激昂，然而登天先生的歌聲卻正好相反，又細又尖的歌聲不僅顫抖，有時還略帶哀愁地停頓，使得友哉腦海中浮現一群沒有精神的人無精打采地前進的模樣。

登天先生連唱三首之後，軍艦進行曲的前奏便又響起，讓他連放下麥克風的空閒也沒有，他無視於伴奏的節奏，唱著古老的和歌：「此來熟田津，掛帆滄海上，明月伴潮生，正是啟航時。」

「登天先生熟悉古今各種軍歌，現在這首是飛鳥時代的額田女王為了激勵士兵所做的英勇歌曲。」鬼塚先生熟練地撥開鋁箔紙，拿出熱呼呼的烤馬鈴薯邊說。

「你也唱吧。」

「我沒關係。」友哉無法融入現場熱絡的氣氛，揮揮雙手，拚命推辭。

麥克風已換到猩子手上，歌曲也從登天先生悲愴的軍歌組曲換成七〇年代的偶像團體 Candies。猩子原本說不想來，來了卻又很開心的樣子。猩子揮動衣袖唱歌時，登天先生站在她身邊，跟著用民謠的手勢舞動，鬼塚先生則面不改色地把冒著熱氣的馬鈴薯分成兩半，確認是否烤熟。

「鹿野同學，烤馬鈴薯就是要抹奶油。」

「是，啊！好好吃。」

烤馬鈴薯被潑了水依舊美味的不得了。

猩子開始唱起 Candies 的熱賣金曲〈比我小的男孩〉，跳舞跳累的登天先生在友哉身邊坐下，滿是皺紋的小臉紅通通的，應該是玩得很開心吧。

「鹿野先生，你不會無聊嗎？」

登天先生拿出偷渡進來的濁酒喝了起來，一邊客氣地詢問友哉。

「烤馬鈴薯很好吃，我吃馬鈴薯就夠了。」

「多吃一點，不然沒有力氣打仗。」鬼塚先生一副不容拒絕的表情，遞給友哉一塊厚厚的肉乾。

「這是什麼肉？」友哉問，鬼塚先生若無其事地答道：「熊肉。」

「這家卡拉OK可以帶外食進來嗎？」

登天先生的軍歌和猩子的Candies在友哉腦中此起彼落，鬼塚先生過人的氣勢逼近之時，包廂門開了。看起來像是學生來打工的店員訝異於包廂裡熱烈的氣氛，戰戰兢兢地開口：「請問決定好要點餐了嗎？」

「呃，好，請等一下。」友哉努力擠出笑容，一邊藏起他們擅自帶進卡拉OK的烤馬鈴薯、肉乾和濁酒。

＊

結果友哉等人在「卡拉OK龍」待不到一個小時便離開了。之所以這麼快解散，是為了配合登天先生的就寢時間。友哉連麥克風都沒碰到，只是一直吃烤馬鈴薯和肉乾，最後拖著彷彿熬夜到天亮的疲倦身子回到住處。

友哉租的是老舊的鋼構公寓，樓高三層。

最後的夕陽餘暉照射在正門上，管理員正在門口收拾工具箱。

「啊，友哉同學，你回來啦。」

友哉含糊不清地打招呼：「是。」

回到住處，有種像是闖進別人家的奇妙感，書桌上的小東西和書架上的書本似乎都遭人翻動過，有樣東西跳進友哉的眼裡——今天早上出門之前，摺疊桌上很明顯沒有這個櫻樹皮茶罐。打開茶罐，發現是常在日記堂喝到的白茶。

「原來是老爸來過啊。」

茶罐散發輕柔的香氣，房間中卻出現另一種強烈的茶香——茉莉花茶。

（怎麼回事？）

友哉把坐墊對摺，墊在頭底下，躺在地板上，登天先生悲愴的軍歌和猩子唱的 Candies 在意識中形成漩渦，化為催眠曲，送他進入夢鄉。

*

友哉做了個夢，夢見登天先生在烤馬鈴薯。山上都是雜樹林，只有山頂沒有樹林。友哉站在山頂，幾乎可360度無礙地一望山下城鎮風景，還可以看見遠方海面上的貨櫃船。附近有一間小佛堂，相較於蔚藍的晴空，佛堂散發陰森的氣息，沉重的木格門後方是彷佛會將所有光線吸走的一片黑暗，友哉覺得若再這麼盯下去，會被吸進去，趕緊回到登天先生升起的篝火旁。

「登天先生在燒什麼呢？」

「我的日記。」登天先生凝視篝火，無精打采地答著。

鋁箔紙包覆的馬鈴薯上頭有好幾本老舊的線裝日記本正燃燒著，且數量多到驚人，就連在夢中都記得一清二楚。登天先生是重度日記迷嗎？不，光看這數量，應該可以稱為日記作家吧？

「回憶化作文字經過燃燒之後會升到天上喔。」登天先生很浪漫地說著，並拿樹枝去翻弄篝火。他把鋁箔紙包勾到面前，邊拿出裡面的馬鈴薯邊喊著：

「好燙，好燙」。

「請用。」

「謝謝。」

兩個人一起享用烤馬鈴薯，連撒了鹽的皮也一併吃下肚。

「我想你父親很關心你。」

「嗯，應該是。」友哉老實地點頭。

「我也覺得猩子小姐很關心登天先生。」

「是嗎？」登天先生抬起頭，筆直地凝視友哉。他的臉上明明映照著日記一點一點燃燒成灰的火焰，臉色卻蒼白不安。

「嗯，應該是。」友哉不擅長說好聽的話，沒自信地嚅嚅囁囁。

登天先生深深地看了友哉一眼之後，將視線轉向篝火後方的遙遠海景。

「鹿野先生，小猩就拜託你了。那孩子發起脾氣來確實是有點恐怖，但她其實很體貼，無法對需要幫助的人視而不見，是個溫柔的人。」登天先生的口吻聽起來有些得意，卻又有些擔心。

此時飛坡傳來尖聲怒吼：「友哉，你還沒把柴劈好？友哉，你在哪裡！」

一路筆直吹上飛坡的風夾雜茉莉花茶的香氣，將已脫線的老舊日記本吹散，飄到友哉和登天先生頭上。

3

那天因為上午停課，友哉便睡過頭了。每當風吹起窗簾，強烈的日光便照進房間，照在友哉臉頰上，他正做著噩夢。夢中他在安達之丘的最高處，追逐已散掉的日記。

登天先生將日記丟進篝火裡燒，幾頁著了火的日記帶著火花飛上天。始作俑者的登天先生擔心會引起森林大火而驚慌失措，急忙抱住友哉的腿。

友哉腿上掛著嬌小的登天先生，用力一躍，想要抓住燃燒的紙片。

「嘿！」

好幾次明明差一點就要抓到，紙片卻乘風又飛走，像是在玩弄友哉。猩子在飛坡底下呼喚友哉，連珠炮地交代他要劈柴、清狗大便等等，但是只聞聲不見人影。登天先生依舊掛在友哉腿上，拚命地拜託著他：「鹿野先生，拜託你了。小猩的事就拜託你了。」

「友哉！友哉！」

猩子爬上飛坡，青色和服的袖子在風中舞動，如同熊熊火焰。

「友哉！友哉！」

「是，我現在馬上……」

如果不馬上把狗大便撿起來，猩子會生氣，但是不抓住已著火的日記，會釀成森林大火。

「是、是，我馬上就……」

猩子的聲音突然變得跟男人一樣低沉：「友哉！友哉！」她似乎發起脾氣，一把抓住友哉的肩頭。

「哇！」

抓住友哉的並不是猩子而是公寓管理員，他那顆禿頭在日光下閃閃發亮。

「友哉同學，振作點！」

友哉被管理員打了臉，慌張地揮動雙手，搖動混亂的腦袋，紊亂地說著自己好想睡但還有一票工作得做：「伯伯我跟你說，我今天上午停課，然後點起篝火燒日記時，日記飛走，接下來我不去清狗大便的話，顧主會生氣……」

「這個人就是預告信中提到的被害人嗎？」

有人提出問題，打斷友哉的說明。嗓音低沉，公事公辦的口吻，卻是女性的聲音，是出自於一名年輕女子，身著樸素的黑色褲裝，頂著隨意紮起的紅色鬈髮，和套裝有些格格不入。

（好帥氣！）

紅髮女子的背後出現一個來自沼澤的妖怪。

（好可怕！）

妖怪又小又圓的眼睛分別位於扁平蒼白的臉龐兩端，散發銳利的光芒，扁鼻子上有兩個圓洞，薄嘴唇若有似無，瘦巴巴的身上掛著皺不拉嘰的西裝。

「山椒魚？」友哉終於醒過來，從棉被裡跳了出來。

「那個……」面對胡言亂語的友哉，山椒魚男拿出票卡套。真皮的票卡套十分厚重，掀開來，可以看到下半部露出金色的旭日徽章——也就是警察的象徵，上半部是大頭照和警部補魚助林三的字樣。

「原來這不是票卡套，是警察證啊！」友哉如粉絲般感動地喊出聲。

褲裝女子也拿出相同的警察證，友哉瞪大眼睛，念出上頭寫的「巡查部長小川皆子」。

「我們是縣警刑警部的刑警。」

「你們是警察嗎？」

難道是猩子告我沒付日記錢嗎？腦中突然浮現這個想法，但是真的要提告也應該是被迫以不合理的勞動條件工作的自己才是。他的視線來回巡視兩位刑警與管理員，尋求說明。

「友哉同學你冷靜聽我說，我們公寓來了怪盜花竊賊，受害者就是你。」

「真的假的，為什麼是我？」友哉環視自己看起來不值半毛錢的住處。

「預告信說要偷你的日記喔。」

「日記？」

友哉忍住哈欠，抓了抓剛睡醒的一頭亂髮。

「就算這麼說，我也不知道。」

友哉裝出睡迷糊的樣子，其實是為了掩飾內心的焦躁。應該擺在筆電上頭的日記似乎不見了，就是那本被猩子逼著以百萬圓買下的《猶豫日記》。

（還是我忘在店裡了呢？記得昨天……）

電視上播放怪盜花竊賊的新聞，佐久良肇先生來到日記堂，為了和登天先生去唱歌，提早關店……但是友哉就是想不起來昨天到底有沒有將那關鍵的《猶豫日記》帶在身上。

「現在的年輕人才不寫日記吧。」

「是，我的確沒寫日記。」

友哉並沒有撒謊，《猶豫日記》是一名大正時代的青年所寫的，他只是被迫以高價買下，不僅無法退貨，還得以工作來抵償費用——友哉差一點將這些脫口而出，卻在最後一刻想起夢中的登天先生，他如同木雕人像的小臉皺成一團，像哭又像笑。

「鹿野先生，小猩就拜託你了。」

友哉下意識地從鼻子用力呼出原本累積在胸口的一口氣。

「所以說啦，怪盜花竊賊再厲害，也沒辦法偷竊不存在的日記。」

管理員似乎把預告信當作惡作劇，想把事情導向一開始就沒日記的方向。

「真的是那個有名的怪盜花竊賊說要偷我的日記嗎？」

小川刑警說：「對方寄來了預告信喔。」

怪盜花竊賊的犯罪預告信似乎是前天寄到管理員那裡。

敝人將於六月十六日深夜前往白菊公寓三〇一號房領取日記。

怪盜花竊賊

「三〇一號房的確是我的住處，怪盜花竊賊真的寄預告信來嗎？太酷了！」

根據之前的例子，怪盜花竊賊都是針對美術館或豪宅行竊，管理員認為那麼有名的小偷根本不可能造訪屋齡三十年的老舊公寓。換句話說，就是認為那是惡作劇而丟著不管。但是預告信中提到的夜晚即將過去時，管理員還是放不下心，於是前來友哉的這間房探視，發現他半個人埋在棉被裡失去意識，以為友哉是因為和怪盜花竊賊打鬥而昏倒，於是趕緊報警。

「我只是睡著而已，因為今天上午停課。」

「不好意思把你吵起來，果然那種預告信是不能當真的。」

但是兩名刑警還是小心翼翼地仔細察看是否有怪盜花竊賊留下的痕跡。

友哉看著看著，不由得覺得怪盜好似跑進來這房子過。

（不，《猶豫日記》一定是忘在店裡，況且那麼有名的怪盜怎麼可能會要偷那東西？說它值一百萬圓絕對只是猩子的陰謀或是整我罷了。）

友哉無意識地拉扯T袖下襬時，小川刑警尖銳地詢問：「你陽台的窗戶沒上鎖嗎？」

「我昨天把衣服收進來時可能忘記上鎖。」

「一直開著窗戶嗎？」

「對不起，我昨天打工太累，記得不是很清楚，我被拖去唱歌之後，又跑到山頂去烤篝火。」

那究竟是現實還是今天早上做的夢呢？友哉的腦袋又再度陷入混亂。

「鹿野先生，你真的沒有東西遭竊嗎？」小川刑事再次確認。

「是，但如果是囤積的肥皂少了一塊，我大概也不會發現。」

友哉在狹窄的住處中穿梭，檢查洗手台下方囤積的洗髮精和本來就空蕩蕩的冰箱之後搖頭否認。

「如果未遭竊，我們繼續調查也沒有意義。」小川刑警一臉無法釋懷似地走向玄關。狹小的玄關放了三雙鞋子便擠滿了。小川刑警套上低跟皮鞋，走到門外走廊。

「隔壁的空房沒有上鎖嗎？」魚住警部補向管理員詢問。

友哉和警察一同走到門外走廊時，口袋裡的手機響了起來，是母親打來的電話。
「喂，友哉，聽說你的住處遭小偷？」
母親的聲音聽起來比平常緊張，不知道是因為趁著看病的空檔打電話還是聽到兒子出事而緊張。
友哉面對站在走廊上的三人，指著手機簡單說明：「家母打來的。」
「嗯，警察來到我住處，還給我看警察證，跟連續劇上看到的一模一樣，讓我好感動。」
「你在說什麼傻話啊，你沒事吧？犯人沒抓你當人質嗎？」
「那樣的話，我就不會接電話了。」
「啊，對喔。」母親在電話另一頭莫名大笑。
「對了，媽，妳是怎麼知道我遭小偷的事？」
「你女朋友，就是真美打電話告訴我的。她經過你住的公寓，聽說警察來調查三〇一號房的竊盜案件，三〇一號房是你住的對吧？」
「嗯，是啊。」

「現在不是悠悠哉哉聊天的時候吧，真美說怎麼樣都聯絡不上你，才打電話給我。」

電話的另一頭傳來有點年紀的護士長的聲音。母親回應護士長之後，又重新回來跟友哉說話。友哉趁著這個空檔確認手機，發現一連串真美打來的未接來電和簡訊。慌張和幸福的情緒一同湧上友哉心頭。

「喂喂，友哉？」

「啊，對不起，警察的確來我這兒，可是好像是誤會，我等一下會跟真美聯絡。」

「總之今天晚上回家一趟，請真美來家裡吃晚餐，當作嚇到她的賠禮，我會做你喜歡的牛奶粥。」母親劈哩啪啦地說完，不等友哉回應便掛了電話。

友哉喜歡吃牛奶粥已經是二十年前的舊事了。

「有茉莉花茶的香味呢。」在等友哉講完電話的小川刑警聞到香味，原本緊繃的表情瞬間放鬆。

友哉動起鼻子聞，卻聞不到茉莉花茶的味道，只是歪著頭，面露疑惑。

小川刑警看了他的模樣，了然於胸地點頭說：「聽說習慣了味道，會產生嗅覺疲勞。」

「這不是茉莉花茶，是一種白茶的香氣，我父親昨天送白茶來給我。」友哉依人數擺出杯子，管理員請魚住刑警過來。

「友哉同學的父親原本是大醫院的外科醫生，現在轉行當咖啡攤老闆。」管理員熟練地倒茶給兩位刑警。

「從醫師轉行賣咖啡，需要很大的勇氣呢。」魚住刑警說著，喝了一口白茶的小川刑警放鬆地呼了一口氣。

「能夠慢活，令我有點羨慕。」

「小川，無論是什麼工作，實際去做就知道都不輕鬆的。」魚住刑警似乎喜歡白茶，卻不完全肯定轉行的勇氣。

「為了喜歡的事情吃苦，就不叫做吃苦，應該比較像是開心的遊戲。」聽友哉這麼一說，兩位刑警終於一致認同地點頭。

「我也這麼認為。」

＊

友哉的母親相信只要盡心盡力地親手做料理讓人吃，就能解決世上大多數的問題。她看診時總是不斷重複這句話，導致由她看診的孕婦在生完之後，都會成為親手製作寶寶副食品的信徒。

今天邀請真美共享晚餐的桌上也有一道副食品。她擔心著友哉遭到竊賊襲擊的同時，想起了他還是小嬰兒的時候，於是動心起念為他煮了牛奶粥。

「牛奶粥還真好吃。」真美的這句話雖然略帶諷刺，不過也是實話。

聽說友哉喜歡牛奶粥，真美臉上同時浮現驚訝與嘲弄的表情，大大的黑眼珠閃耀光輝。

「我可以跟其他社團同學說你喜歡牛奶粥嗎？」

「不要啦，太丟臉了。」

「喜歡吃媽媽的料理有什麼好丟臉的？」

「我不是這個意思。咦？老爸還在工作嗎？」

「他說今天要去跟三輪貨車的同好聚會，兒子遭到強盜襲擊還執意要出門聚餐，真無情。」

友哉母親把生菜夾進大盤子，淋上親手做的梅子醬。

「不是強盜，是怪盜，傳說中的怪盜花竊賊。」

「鹿野同學好厲害喔，怪盜花竊賊不是很有名嗎？你被偷了什麼？」

「沒被偷什麼，應該只是惡作劇而已。」

友哉的回應讓母親與真美都忍不住抱怨說：「唉，真無聊。」

「友哉同學的公寓前停了裝有紅色警燈的車子，那是祕密警車嗎？我還看到管理員在門口跑進跑出，不知如何是好的樣子，我跟管理員說我是鹿野同學的女朋友，他就告訴我發生了大事，可是不讓我進去。」

友哉聽到「鹿野同學的女朋友」這句話，高興得都要飛上天。

（臉不要變紅、臉不要變紅。）

母親和真美絲毫不顧在一旁興奮的友哉，繼續討論竊賊的事，但是不知何時話題已切換為芝麻滷茄子的作法。

「我就是吃不了芝麻滷茄子。」

友哉一加入討論，兩名女性便一起嘟起嘴來。

「除非是過敏，否則沒有什麼吃不了的食物。」

「對啊，明明很好吃。」

真美以筷子將柔軟的茄子分成兩半，夾一塊入口，看起來分外美味。

「換個話題，地區研究會的顧問，也就是國文系的丸山副教授，聽說從神社的石階跌落而住院。他的未婚妻是我們學校名譽理事的千金，這樣可以說老師是吃到天鵝肉的癩蛤蟆嗎？」

「喔，真幸運。」

母親和真美接著也持續熱烈討論女生們的話題，最後由母親開車送真美回去，留友哉一個人看家。友哉本來就打算回家住一晚，因此翻開帶來的《古今和歌集》讀了起來。

「呃，『和歌無須注力，即可動天地，泣人所不見之鬼神，和男女，慰勇猛武士』這句話到底是什麼意思呢？」

（老爸有古語字典嗎？）

友哉走進父親房間，發現房間還維持著他當醫師時的狀態，便於使用又舒適。無論是家具的色調、形狀、文具和所有東西之間的空間都和蒿苣咖啡攤一樣毫無浪費。書桌前方的軟木板上釘著便條與行程表，裡面夾雜一張藝廊的傳單。

藝廊「十三夜館」　香取虎一回顧展

傳單上陰暗模糊的銅版畫在實用又明亮的房間中格外醒目，紅色麥克筆圈起來的地方標示了藝廊地點和簡易的地圖。

（對了，老爸說過他和那位已逝的西洋畫畫家交情很好。）

父親改行去賣咖啡時，香取先生送了一幅明信片大小的畫給他，父親一直把那幅畫視為護身符，十分珍惜地掛在三輪貨車咖啡攤裡。那幅畫確實就是父親的護身符吧。公寓管理員雖然把父親形容得很厲害，魚住刑警聽得一楞一楞的，但是對於當事人而言，中年轉業是需要相當強韌的心理。知名畫家香取先生為了慶祝咖啡攤開張而送了畫作，對父親來說一定是最大的鼓勵。

（雖然母親贊成他轉行，我則該算是持反對意見。）

現在咖啡攤已經上了軌道，但友哉怎麼也想不起來當初為何反對。一句「我會擔心」而阻礙他人前進，這究竟是為對方著想還是自己任性呢？友哉盯著藝廊的傳單，覺得很對不起父親。

「嗯？」友哉低著頭尋找古語字典而環視書架時，在咖啡店經營指南和醫學書之間發現了一本意想不到的書——《甜美的橘子果醬和苦澀的青春》，作者：佐久良肇。

正當友哉要拿起這本書時，又聞到茉莉花茶的香氣。那香氣如一縷輕煙，飄過頭頂後就消失。

（難不成是我被茉莉花茶附身，還是我的鼻子有問題？）

4

差點遭到怪盜花竊賊襲擊的友哉成了地區研究會的焦點。雖然只是單純的惡作劇，但還真的鬧到刑警來現場勘查。實際上只是人畜無害的小小騷動卻大大刺激了愛湊熱鬧的社團成員，友哉轉眼間成為社團裡的明星。

這群開朗的社團同好興致高昂，友哉拗不過他們的鼓動只好跟著前往居酒屋街去喝酒。社團常去的一間居酒屋店內十分狹長，有吧檯與桌子的席位，中間隔著和室。太陽還沒下山，年紀大的常客就已經占據了所有吧檯座位。

友哉和朋友一起坐在桌子的席位，邊喝邊聊怪盜花竊賊的事，沒多久便喝醉了。店員來點菜時大概也是因為喝醉了思慮不清，他們慌慌張張亂點一通，結果點了滿桌的料理。

社團成員當中最帥的那個男生毫不在意友哉的英雄事蹟，只顧著和真美熱烈討論六〇年代的時尚。分心在意那兩人的友哉灌了幾杯啤酒，身體漸漸覺得變冷了。

「你要去哪裡？要去哪裡？」

「廁所，我都說我要去廁所了！」

友哉撥開擠在狹窄走廊上的人群，從廁所走回座位，發現熟悉的貝克漢頭從和室的矮屏風裡露出來。

「咦？」那不是日記堂的客人佐久良肇先生？友哉朝矮屏風的縫隙裡偷看，赫然發現父親居然也在。在父親的書架上發現佐久良先生的著作固然令人驚訝，但是友哉並不知道原來兩人有私交，且交情好到可以一起小酌。

父親坐在佐久良先生對面為他斟酒，抬頭看見友哉，笑了一下：「哦！友哉，你怎麼會在這裡？」

「我和社團朋友一起來，老爸你咧？」友哉的視線在喝到滿臉紅通通的父親與佐久良先生之間游移，眨了眨眼睛。

「我們是三輪貨車的同好——為三輪貨車乾杯！」

佐久良先生舉起自己的酒杯，碰了一下友哉父親的酒杯，兩個人的酒都灑了出來。

「友哉同學也跟朋友一起過來吧，我請大家喝酒。」

原本坐在其他地方的地區研究會成員聽到佐久良先生的話紛紛擠進這間和室，最後連隔壁桌的上班族也一起加入，展開不同文化與世代的交流。

真美坐在佐久良先生與隔壁桌的粉領族之間跟大家一起熱烈討論三輪貨車，友哉這才放下心中一顆大石頭，舉起已空空如也的玻璃杯貼在自己熱呼呼的臉上降溫。

（不過，沒想到佐久良先生也喜歡三輪貨車。）

一群醉漢不知道在玩什麼遊戲，齊聲大喊：「並不是！」

＊

佐久良先生第三次造訪日記堂時，猩子和友哉正在喝茶。

友哉把蒿苣咖啡攤特製的薄荷茶裝在水壺裡，帶來店裡。

「請問有人在嗎？」

猩子和友哉正在熱烈討論茶，絲毫沒有發現佐久良先生的輕聲呼喚。

「你父親泡的茶，喝來真是令人感動。」

「老爸聽了一定很高興，因為他的目標就是要打動人心。」

友哉替父親感到高興的當下，發現門口似乎有個細長的黑影，兩人這才發現有客人來了。

「咦？」

但是細長的黑影似乎是友哉的錯覺，因為佐久良先生腳邊出現的是孟夏正午的短影子。

友哉和猩子異口同聲地招呼：「佐久良先生，歡迎光臨。」

佐久良先生一臉黯淡，點頭回應：「我又來了，不好意思。」

「怎麼了呢？今天看起來很沒精神。」

相較於體貼的友哉，猩子則眼神嚴厲地打量著他。

「就連頭髮都垂頭喪氣的呢。」

猩子的悄悄話大聲到對方可能聽見，友哉十分介意。

「我得把這本日記拿來還。」

佐久良先生翻找公事包，彷彿在逃避猩子的視線，笨手笨腳地將名片盒和記事本撒落一地，最後才終於把上次帶回去的日記交還給猩子。正是那本深紅色封面還撒了亮片的《酒店小姐奢華日記》。

「謝謝妳挑選這本日記給我，但是我看了卻找不到想要的答案。」

「佐久良先生擔心的是中年危機，還是其他問題呢？」猩子不客氣地問。

「猩子小姐妳這麼說也太失禮了吧？」友哉避著佐久良先生，扯了扯猩子的袖子。猩子向後揮動手，像是要他住嘴。

「如果想真正解決問題，我可以拿別本日記給您。」

「意思是妳知道我真正的問題嗎？」佐久良先生對上猩子的視線，挑釁地回應。

「是。」猩子眼睛盯著佐久良先生，伸手從書架角落拿出一本老舊的本子，那不是日記，而是舊書店放在門口花車販賣的破爛文庫本——《竊賊日記》，作者：尚．惹內。

「竊賊日記。」佐久良先生念出書名，癱坐在玄關的架高木地板上。

「佐久良先生，您怎麼了？」

佐久良先生並未理會擔心他的友哉，只是茫然地撫摸書本。

「為什麼妳知道我是小偷？」

友哉插嘴問：「佐久良先生是小偷嗎？」

猩子敲了一下友哉膝蓋，命令他：「去倒茶！」

友哉把水壺裡剩下的薄荷茶倒進給客人用的唐津茶碗，端給佐久良先生。

佐久良先生感動地欣賞茶碗，喝下茶之後更加感動。

「啊，好好喝，真是好喝到不可思議。」

「這杯茶裡摻了高濃度的自白藥，有想說的話就趕快從實招來。」

猩子面不改色地信口開河，友哉聽了大叫：「猩子小姐騙你的！」

「原來如此，那我就老實招了吧。」

佐久良先生這麼一說，友哉又嚇了一跳。

「是要招什麼呢？」

「不好意思騙了你們，我上個月來買日記根本不是因為對人生感到疑惑或是工作太累，我到了夜裡會失眠和心悸，其實是出於其他更具體的理由。」

佐久良先生說到這裡，啜飲一口薄荷茶，放鬆地嘆了一口氣，之後才接著說：「我國中時當過小偷，而且偷的還是銀行，當時雖然謹慎計畫，卻還是馬上就遭到逮捕。」

「嗯。」

「我被送進少年感化院，期間我那任教於國中的母親因為神經衰弱而辭職。我服刑完畢之後，進入父親任職的私立高中，但是……」

佐久良先生停了下來，雙手捧起茶碗，卻沒有要喝的意思。

「這個唐津茶碗看起來很貴呢。」

「你要是敢偷，我可不會原諒你。」

「哈哈哈……」佐久良先生沉默了一會，又繼續開口：「高中畢業那一年，我又偷了東西，害得身為校長的父親自殺。」

「怎麼會這樣？」友哉受不了沉重的話題，向猩子投以求救的眼神。

猩子轉動眼睛，無聲地回應他：「我聽了也嚇到啦。」

「少年時代的罪行使得我找不到工作，閒得發慌，於是擅自動用祖父母的存款去做鍬形蟲的投資，就是利用價格變動賺價差，算是一門投機生意。」

友哉和猩子異口同聲：「鍬形蟲的投機生意嗎？」

「我那時候只是想玩一把。」

「玩一把？你這個人！都沒想過祖父母的晚年生活要怎麼辦嗎？」

「但是鍬形蟲的投機生意居然大獲成功，於是我用那筆資金創立了『佐久良的甜蜜橘子果醬』，結果又成功，簡直像是遭到幸運女神的詛咒。」

友哉小聲地嘀咕：「我倒挺羨慕這種詛咒的。」

「那時我下定決心，不可以安享晚年。我當小偷毀了父母的人生，所以我也要毀了自己來贖罪，於是我又開始偷東西。我事先寄出預告信，要讓受害者知道，還專挑警備森嚴的地方，但是卻一直沒有遭到逮捕。」

「預告信？」猩子晃動青色的袖子，雙手抱胸。「佐久良先生，您現在是在坦承自己是怪盜花竊賊對吧？」

「咦？佐久良先生是怪盜花竊賊嗎？」

看到友哉如此吃驚，猩子驚訝地回頭：「客人講話要仔細聽，現在還有其他小偷會像漫畫劇情一樣，事先寄預告信通知嗎？」

「妳明明最近才知道怪盜花竊賊的事，還說得一副自己很懂的樣子……」

「你說什麼？」

佐久良先生看著拌起嘴的兩人，怒氣沖沖地大喊：「到底要不要聽我說！」

「對不起。」

「罪與罰也只是下半部寫法不同，良心和邪惡兩者無法並存，這就是神對我的處罰吧。」

佐久良先生舉起手上的《竊賊日記》文庫本。

「難道寄預告信到我住處的人就是佐久良先生嗎？說要偷走我的《猶豫日記》？」

「我發誓我絕對沒有偷你的日記。」

佐久良先生搖頭否認，臉頰上的肉也隨之晃動，猩子則眨了好幾下眼睛。

「哎呀，友哉，那本價值百萬圓的日記被偷了嗎？」

「我也搞不清楚，家裡找不到，也沒忘在這裡。」

「你這人還真迷糊。」

猩子一臉悠哉，看起來就是《猶豫日記》其實不值一百萬圓的表情。友哉偷偷瞪了猩子一眼，重新打起精神，抬頭看佐久良先生說：「你應該自首。」

「我不會去自首，一定要在逃走時遭到逮捕，才算是贖罪。」

「我完全無法理解這是什麼道理。」

「友哉同學，請你偷偷去向警察舉發我剛才的自白吧。」

「你說什麼！」

友哉心想說要我偷偷去檢舉，既然是當事人的委託就不能算偷偷吧？

但是猩子卻一副我能理解的表情，拍拍友哉的肩膀：「友哉，那就麻煩你了，客人都開口了。」

「我才不要做那種事，佐久良先生，你去自首啦。」

友哉提出強硬的要求，佐久良先生像被人逼上懸崖般決絕地說：「那要多少錢呢？」

「我才不要為了錢去舉發！」

「我不是說舉發，是這本書的價錢啦。」佐久良先生指著《竊賊日記》問。

「一百圓。」

佐久良先生從外套口袋掏出一枚百圓硬幣，看了看猩子又看看友哉，嘆著氣走向店門口。

猩子對著佐久良先生的背影，不留情面地丟出一句：「佐久良先生，唐津茶碗！」

冰冷的怒意喚回佐久良先生。他走回來，從鼓鼓的懷裡拿出剛剛喝茶用的大茶碗，放在木地板上。

「不愧是專家，一刻都不得輕忽。」

「妳能看破，也不是普通人。」佐久良先生又恢復神采，稍微恢復精神地邁步離開。

「這樣真的好嗎？」友哉望向剛剛佐久良先生坐的位置，無法釋懷。

「他已經暴露自己真實的身分，今後不會再有怪盜花竊賊出現了。」猩子一口斷定。「不過，追查怪盜花竊賊的警方則可能會陷入瓶頸，都是因為友哉你沒有去報警害的。」

「為什麼事情會變成這樣！」友哉大驚失色地吶喊，又因為想起什麼而更劇烈地吼叫：「為什麼硬塞給我的日記要一百萬圓，佐久良先生就只收一百圓！」

「那本文庫本又破又舊還沾染了茶漬和醬油漬，這樣也要收人家一百萬圓嗎？友哉還真是個貪心的人呢。」

猩子毫無誠意地說完之後，踩著日式兩趾襪，啪噠啪噠地走回櫃台。

＊

那天晚上，友哉一直陷入苦惱。

「追查怪盜花竊賊的警方則可能會陷入瓶頸，都是因為友哉你沒有去報警害的。」正要進入夢鄉時，耳邊又響起猩子的聲音，刺痛他的心。身材矮胖、頂著貝克漢頭的佐久良先生之身影不斷浮現於腦海。回想起在居酒屋目睹的情景，友哉思索著父親和佐久良先生之間的交情。

（我得阻止父親和小偷來往。）

天亮了就打電話給父親吧，可是該怎麼說呢？在日記堂以外的地方將佐久良先生的自白告訴家人，應該是沒有職業道德的行為吧？

（但這也事關我家——可是這樣就變成公私不分了。）

不斷地煩惱之下，友哉又想起怪盜花竊賊寄預告信來他住處的事。佐久良先生表示他沒有偷《猶豫日記》，友哉也選擇相信他，畢竟說出真實身分和罪行之後，不須再為了一本《猶豫日記》撒謊。

友哉雙手抓住蓋被往頭上一蓋，睜眼瞪著一片黑暗。怪盜花竊賊預告說要來偷竊日記的那天，父親來到他的住處；父親和佐久良先生私交甚篤，出人意料之外，卻也是事實。難道父親受到怪盜花竊賊感化，決定仿效？

（怎、怎麼可能！）

友哉一直睡不著，直到夏至將近的天空開始泛白。他不停翻身，覺得睡意可能永遠不會來臨，思緒和夢境卻緩緩融合，等到他醒過來時，接近中午的強烈日光透過窗簾縫隙，照在他臉上。

「好熱。」

睡得迷迷糊糊的友哉從棉被裡爬出來，打開電視。原本螢幕中是介紹適合初夏觀光之景點的節目，卻兩度響起令人心情惡劣的警報聲，畫面上出現一行跑馬燈。

怪盜花竊賊再度寄出新的預告信，表示將會侵入私人經營的藝廊。

「私人經營的藝廊是在哪裡啊？」

友哉不禁喃喃自語了起來，腦中浮現陰暗模糊的銅版畫。「藝廊十三夜館——香取虎一回顧展」貼在父親書房的傳單中，十三夜館的地圖用紅色馬克筆圈了起來。今天晚上，怪盜花竊賊鎖定的是藝廊「十三夜館」。寄出預告信的並非佐久良先生，而是友哉的父親，友哉直覺是這麼一回事。他以一步就跨過狹窄房間的氣勢，筆直走向冰箱，拿出「佐久良的甜蜜橘子果醬」，查詢標籤上寫的電話號碼，打電話到佐久良先生的公司。

＊

怪盜花竊賊此次寄送預告信的地方——十三夜館是間位於住宅區的藝廊，據說老闆是市公所退休的公務員，獨力經營這家藝廊。小小的藝廊收藏了尚未獲得世人肯定的新人作品、把藝術與興趣切割的半業餘畫家作品和不太值錢的古董與工藝品。友哉和佐久良肇兩人，躲在陰影處觀察這間藝廊。

「為什麼假怪盜要來這裡呢？」佐久良先生壓低聲音問。

「我在父親房間裡看到一張傳單，上面的十三夜館被圈了起來，由此可知假怪盜其實就是我父親……」友哉嚥下心中的想法，支支吾吾道：「嗯……

沒什麼特別意思吧。」

「居然用怪盜花竊賊的名義來這種小藝廊偷東西，不覺得對我很失禮嗎？這與其說是模仿犯，不如說是損人名譽。」佐久良先生忘記追究友哉的想法，氣憤地說。雖然他在日記堂懺悔至今的所作所為，但仍放不下身為怪盜的強烈自尊。

「這裡會舉辦香取虎一的回顧展，可見得藝廊主和香取虎一交情匪淺。」落地窗上貼的傳單和父親書房裡的是同一款。

「話說回來，佐久良先生，你這身打扮真的很奇怪。」

佐久良先生身著合身的黑色衣物，戴了一頂黑色的帽子，微胖的身形展露無疑，簡直像是以雙腳走路的海豹。

「你才不要穿什麼限定款的球鞋，根本就很好認出來。」

「我才沒穿限定款球鞋咧。」

兩人趁著天色變暗，繞到十三夜館的後門。佐久良先生拿出友哉沒看過的道具打開後門，身體彷彿擺脫重力的束縛，輕巧地閃進門內。

一陣茉莉花茶的香氣突然飄過，引得友哉抬起頭來。眼前是佐久良先生正巧回過頭來的一張圓臉，友哉在黑暗中趕緊避開。

「友哉，這個可以麻煩你拿給令尊和日記堂的店主嗎？」

佐久良先生拿出兩個掌心大的玻璃瓶，友哉舉起玻璃瓶看對著微弱的燈光，原來是新商品「加倍甜蜜橘子果醬」。佐久良先生上次去日記堂時，曾經答應要送給猩子。

「為什麼要在這時候交給我？你自己拿給他們不就好了嗎？」

「嗯，話是這樣說沒錯……」佐久良先生含糊回答，又繼續往前走。

友哉把果醬塞進連帽外套的口袋，急著要跟上時，果醬卻險些掉進養著烏龜的水槽裡，嚇得心臟差點從嘴巴裡跳出來。

（不過……）

友哉和佐久良先生入侵藝廊之前曾來勘查過附近的環境，並沒有看到任何警察的蹤影，十三夜館也毫無防範，就和平常一樣營業到關店時間。警察大概也看出這次和幾天前在友哉住處引起的騷動一樣，只是惡作劇。話雖如此，也不能完全否認模仿怪盜花竊賊的犯人確實存在啊。

（這裡好令人不舒服喔。）

關鍵地點十三夜館與其說是藝廊，更像鬼屋。從窗外照進的路燈光線照亮貓頭鷹銅雕和凹凸不平的油畫表面；牆上的刀劍和能劇面具散發冰冷的氣息，彷彿正敵視著友哉等人。每踩一步，地板便發出聲響，也令人覺得不安。凝重的空氣當中，沉澱著一股濃郁的芬芳。

（又是茉莉花茶的味道？）

和真人等比例的球體關節人偶張著瘋狂的表情，一道紅色燈光閃過它的臉龐，嚇得友哉差點跳起來。他雙手摀嘴，全身僵硬，發現人偶背後確實有東西在動，但是佐久良先生就在身邊。

（是誰？那是誰？）

友哉正感到不知所措之際，佐久良先生行動了，他衝向躲在人偶背後正在動的那個人。球體關節人偶發出悶響，倒在地上，四肢不自然地扭曲。被佐久良先生抓住的人絆到人偶向前撲倒，一個紫水晶的項鍊墜飾從此人的手中飛出，掉到友哉腳邊。

（這個設計很適合真美。）

就連這種時候，友哉的腦海還會浮現江藤真美，但是炫目的閃光打斷他短暫的陶醉。

「好亮！」

頭上突然光芒爆發——其實只是有人摁了電燈開關，螢光燈亮了起來。耳邊傳來展品倒下的巨大聲響，雙方持續打鬥。對方壓在打扮得像隻海豹的佐久良先生身上——然而他也是一身小偷打扮，看起來也像隻海豹。

（究竟是誰？）

如果是父親，個子未免也太嬌小了。不是父親，友哉想到這裡而深呼吸了一口，發現原本充滿霉味的空氣裡明顯夾雜茉莉花茶的香氣。

「哇！」打扮像隻海豹的那個人撞開也很像海豹的佐久良先生，從友哉面前快速逃走。

（他逃跑了、要被他逃走了。）

友哉原本想追逐假怪盜，闖進藝廊的其他人影卻阻擋了他的腳步。

「丟掉武器！」

熟悉的吶喊聲，是當時到友哉的住處進行現場蒐證的小川皆子刑警，身旁則是長得像山椒魚的魚住警部補，正握著藝廊展出的十字架。

（呃？呃？呃？）

友哉凝視紫水晶項鍊墜飾，又看看佐久良先生，兩人的眼神瞬間交換了不成言語的訊息，頓時佐久良先生搶走友哉手上的項鍊墜飾，他以嘴型無聲地表示著：「刑警先生，這個人是怪盜。」

友哉像是被腹語術操弄的人偶一樣，跟著佐久良先生的嘴型大喊：「刑警先生，這個人是怪盜花竊賊！」同時抓住手心握著項鍊墜飾的佐久良先生胖嘟嘟的手腕，一把舉起。

＊

友哉和真美一同走向在公園營業的萵苣咖啡攤。

友哉把佐久良先生交給他的「加倍甜蜜橘子果醬」小瓶子遞進貼了深藍色瓷磚的小櫃台，父親坐在狹窄的三輪貨車車廂裡——也就是萵苣咖啡攤的店中，緩緩地接過橘子果醬，小聲說出和昨晚魚住刑警等人一樣的話：「不要做這麼危險的事。」

昨晚友哉依照佐久良先生的指示，將他交給警察，佐久良先生做出「謝謝」的唇形。在現場協助逮捕現行犯怪盜花竊賊，友哉受到斥責也被感謝。

「這種事情交給警察就好了，只是你為什麼會知道怪盜花竊賊要來這間藝廊呢？」

「佐久良先生是我打工店裡的客人，我從他的話裡直覺應該是這麼一回事。」友哉含糊地解釋著。

小川刑警突然溫柔地說：「不過，托你的福，我們才能抓到怪盜花竊賊，謝謝你。」

小川刑警說出與佐久良先生一樣的「謝謝」兩個字，友哉偷偷在心裡呢喃：「其實犯人另有其人。」儘管真正的怪盜花竊賊佐久良先生的確希望警察逮捕他，但這次的犯人其實另有他人，比佐久良先生更加迅速敏捷，身上散發著茉莉花茶的香氣。友哉覺得假怪盜的衣物，甚至身體都是由茉莉花茶的氣味所構成。

「佐久良先生向我道謝。」

依佐久良先生本人表示他愈是自暴自棄地不斷偷竊，怪盜的工作愈是成功；愈是想要失敗而賭一把，「佐久良的甜蜜橘子果醬」愈是賣得好。儘管佐久良先生不期待幸運降臨，但至少昨天晚上的竊案不是他幹的。

「佐久良先生這樣真的好嗎？」父親對著陽光，舉起橘子果醬瓶嘆氣。真美難得什麼也沒說，靜靜地眺望廣場另一端的白楊樹。友哉也懶得開口，便和真美肩並肩，一同仰望高大的白楊樹與天空交接之處。

昨晚在友哉和佐久良先生的幫助之下，藝廊並未遭到偷竊。

（不，不對！）

小川刑警等人也衝進現場，所以如果友哉等人不在的話，一定會抓到真正的犯人。

（抓住假怪盜花竊賊。）

友哉皺起鼻子聞，煮香草所產生的各種氣味從小小的三輪貨車湧出，但是其中並沒有茉莉花茶的味道。父親不怎麼煮味道重的茶。

（可是真的是這樣嗎？）

難道父親不是假的怪盜花竊賊？

友哉戰戰兢兢地轉移視線，在廣場正中央踢足球的小學生沒接到球，球一路滾來這裡。真美本來想把球踢給小學生，卻又踢向更遠的地方，便笑著跑去追球了。

「老爸，日記不見的前一天，你來過我住的地方吧。」友哉面對陰暗的攤子遲疑地開口。

父親像是人偶劇裡的人偶一樣，從櫃台冒出頭來，遲疑地點頭。

「對不起，我從你住處拿走這個。」

父親一臉尷尬地拿出那本價值百萬的《猶豫日記》，友哉一把搶來抱在胸前，大發雷霆。

「為什麼要做這種事？」

「佐久良先生親口跟我說怪盜花竊賊的事，然後他好像也會去你打工的地方，我實在是太擔心你會受他影響而忍不住去調查你的生活，儘管我知道這樣做是不對的，還是偷看了你的日記。」

「咦？」

友哉沒料到父親是怕他受到佐久良先生的負面影響。結果父子倆互相懷疑，為彼此著想而做出一樣的行為。

「不過你作文變好了呢。」

「這不是我的日記，是我在日記堂買的。」

「可是裡面寫的不就是你的事嗎？你在真美和猩子小姐兩人之間搖擺不定，搞不清楚自己究竟喜歡誰……」

「就說那不是我的日記！」

「不用害羞啦，我不會告訴別人。」原本一臉畏縮的父親，不知何時換上得意的笑臉。

「擅自偷看別人的日記，本來就不應該說出去。」

「果然是你的日記呢。」

父親露出賊笑時，真美剛好回來，她大概發現氣氛不再尷尬，表情也跟著開朗了起來。三人在連同蒲公英咖啡一起端上桌的吐司上抹了「加倍甜蜜橘子果醬」。

「這罐橘子果醬不太甜呢。」

「是啊，有點苦。」

友哉望向父親，發現父親像看萬花筒一樣，對著陽光舉起「加倍甜蜜橘子果醬」的瓶子看，眼角和眉毛下垂，露出悲傷的神情。

第三章　潛入

1

期末考結束那一天，友哉站在福利社旁邊的販賣機前，享受小小的挑選樂趣。

（還是買可樂吧。）

友哉正要將手指放在按鈕上時，旁邊突然伸出一隻手抓住他。

「嗯？」

回頭一看，一名身著立領襯衫，扣子扣到底的長髮男子站在眼前，五官分明，是個美男子，不過臉很大。

「丸山老師。」

友哉背後傳來瓶子掉落的聲音。他彆扭地笑著移開手，蹲下去從自動販賣機裡取出飲料。大概是摁到其他按鈕的關係吧，掉下來的並不是可樂，而是乳酸飲料。

「鹿野同學原來會喝這種小嬰兒才喝的東西。」

友哉稱為丸山老師的這名男子饒富興味地盯著他看。

「鹿野同學，期末考考得怎麼樣？」

七月的晴空下，丸山老師端正的五官和白色襯衫十分耀眼。

「呃，丸山老師，我的考試成績真的那麼差嗎？」

「鹿野同學的成績出類拔萃喔，不愧是重考三次。」

「最後一句有點多餘。」友哉打開乳酸飲料的蓋子。

「別管考試成績了，鹿野同學，你在日記堂打工對吧？可以帶我去見紀猩子小姐嗎？」

*

隨著季節轉換，安達之丘上的各種植物紛紛進入最茂盛的時期，就連從山腳一路往上延伸的飛坡也吹來野草蒸騰的氣息。

（今天又來報到了。）

友哉最近連當初為何要去日記堂的理由都忘了，爬上飛坡時，腳步變得很沉重。

「這坡還真陡。」身邊的丸山老師抱怨著，他從剛剛就一直盯著友哉看，似乎是希望他能幫幫忙。

「老師，你自己也使點力吧。」

友哉推著丸山老師上坡，而丸山老師毫不客氣地把全身的重量壓在友哉身上。

「鹿野同學，你真是可靠，請繼續這樣努力。」

「老師你好歹自己也努力一下吧。」

「鹿野同學，人這個字呢……」

「比較短的那邊撐著比較長的那邊對吧。」

「學不會尊重長者，以後找工作可是會吃虧喔。」

「是是是。」

「對了，你知道日記堂的店主紀猩子小姐為什麼要賣日記嗎？那真是一門奇妙的生意呢。」

「呃。」友哉繼續以人字的姿勢推著丸山老師的背前進，一邊想起猩子說過的話。

「將日記賣給合適的人是一件幸福的事喔。」、「日記所記錄的日常生活很貼近讀者的人生。」

友哉確實也親眼目睹日記的內容傳承給後世、日記所含有的巨大力量改變了讀者的命運。他把這些故事告訴丸山老師，丸山老師硬是將後仰的沉重上半身更向後轉來。

「那猩子小姐為什麼要開這間店呢？你見過她的家人嗎？她的父母親是什麼樣的人呢？」

「咦？難道老師來是想追猩子小姐？」

「別、別亂說話！」

丸山老師端正的大臉頓時紅了起來，後仰的角度也更大。扭曲的人字形使得支撐老師身體重量的友哉也紅著臉，雙腳用力踩地。

「日記堂有個壯漢經常出入，如果你別有居心，小心被修理喔。」

友哉威脅丸山老師時，那名壯漢——鬼塚先生正好從店裡走出來。他和平常一樣將小山似的日記堆搬來給猩子，再把賣不掉的存貨放進沉重的木箱帶往某處。

（所謂的「某處」究竟是哪裡呢？）

友哉思索著這個問題，原本靠在身上的重量突然消失，原來是丸山老師不再把體重壓在他身上。失去施力的對象，友哉整個人往前衝，丸山老師毫不理會失去重心、撲倒在地的友哉，敏捷地爬上飛坡。

「搞什麼啊，明明自己爬得上去啊。」

丸山老師丟下氣喘吁吁的友哉，自行爬上飛坡，即使到了日記堂也不停下腳步，繼續追著鬼塚先生的背影。

碰、碰！

鬼塚先生的腳步明明一點也不快，空著手的丸山老師卻怎麼也追不上。熟悉的空氣振動一路傳到友哉站的地面。

「好奇心會殺死……」這句俗諺突然浮現友哉腦海。

「老師、丸山老師！」友哉不知為何湧起不祥的預感，回過神來，已經大聲在呼喚他了。

不論是做噩夢時或是電影裡的驚悚場景裡這種呼喚聲一定會被忽略，友哉耐著性子一直喊到聲音沙啞，丸山老師這才一臉訝異地回他：「怎麼了？怎麼了？」一邊回頭。

「鹿野同學，你又不是幼稚園小朋友，跌倒了要自己爬起來啊。」

丸山老師快速地小跑步下坡。

「是是是。」

友哉拍掉膝蓋上的泥土，和丸山老師肩並肩走到日記堂前的廣場。

日記堂敞開的門口正中央掛了一串玻璃風鈴，吹動紙片的風雖然溫熱，玻璃撞擊的聲音令人聯想到冰塊互相碰撞的景象。

「哎呀，歡迎光臨。」猩子迎接兩人的聲音和風鈴一樣清涼。

她正把粉花繡線菊插進花瓶中，看到友哉帶了客人來，露出笑容表示讚許，綁成一束的長髮流洩在背上。

「請問您想要什麼樣的日記呢？還是您要出售日記？」

丸山老師呆站在玄關泥地上，看猩子看得都傻了。猩子和友哉交換有些不知所措的眼神，丸山老師下定決心似地大喊：「紀猩子小姐，老實說，我正在戀愛。」

丸山老師脫下皮鞋，走上架高的木地板啪地一聲跪坐下來，他因為上半身較長，會讓人誤以為他長得很高大。

（老師果然是來追猩子小姐的嗎？他不是跟名譽理事的千金訂婚了？）

友哉興味盎然地豎起耳朵，丸山老師的大臉望向他。

「鹿野同學，請你不要誤會，我今天不是來向這位美麗的小姐示愛，而是需要可以指引我的日記，在此之前我得先按照順序說明才行，可以借我紙跟筆嗎？」

「啊，是。」

友哉在丸山老師的催促下，尋找身邊的紙筆。由於手邊只有廣告單，於是他把廣告單連同自來水毛筆一起遞給丸山老師。猩子默默地坐在丸山老師面前，意有所指地看看友哉，於是友哉又急忙去端出麥茶。

丸山久二彥　三十二歲
安達小百合　二十八歲
秋村樹里　二十三歲

友哉回來時，丸山老師以纖細柔弱的字體寫下三個人名與年齡。他的字很美，寫在背面透出「大特價　暑期特賣！」字樣的廣告紙上實在可惜。

（先不管那些，老師究竟在寫什麼？）

友哉稍稍上前，將麥茶端給客人和店主。

「我去年和名為安達小百合的女子訂婚。」丸山老師唐突地開口，指著

「安達小百合　二十八歲」的那行字。

友哉在日記堂工作了兩個月，還是第一次遇到一進門就如此具體述說私事的客人。

「聽說安達之丘是安達家的土地，會在這裡開店表示妳也是安達家族的一員？」

「我們算遠親吧。」

猩子塗了淡橘紅色口紅的嘴唇動起來，看起來好像人偶。

「您無須擔心，身為日記堂的店主，我總是站在顧客這一邊，所以您別客氣，什麼事情都能和我商量。」

「有妳這句話就安心了。」

丸山老師拿起裝有麥茶的杯子，一飲而盡。

「我去年九月和小百合相親，目前正在準備婚事。」

「恭喜。」猩子的聲音聽不出她真實的想法。

（這樣真的好嗎？）

雖然是丸山老師主動要求友哉帶他來日記堂，但是猩子不見得「總是站在顧客這一邊」。

「但其實並不值得恭喜。」

「喔？」猩子表示有興趣地鼓勵丸山老師繼續說下去，友哉卻覺得她的聲音聽起來有點高興。

「因為我喜歡上另一名女子……」丸山老師端正的巨大側面泛紅，手指指著「秋村樹里　二十三歲」。

「喔喔。」猩子更加溫柔地催促丸山老師說下去。

「小百合似乎發現我變心，於是使出強硬的手段。」

「什麼樣的強硬手段呢？」

「小百合的父親在安達家的庭院中為我們建造新居，而且非常華麗。」

對於隱瞞精神外遇的丸山老師而言，新居豪華的程度簡直像是在恐嚇。不僅如此，明明是給新婚夫妻住的房子，卻完全無視丸山老師的需求，而是把小百合父母與安達一族的起居室放在新房中間。除此之外，安達一族的動作不僅迅速，還很誇張。目前正在計畫的結婚典禮規模不輸知名藝人，之前安達一族的親戚穿著非常正式的服裝，前往神社參拜以慶祝兩人訂婚。

「我在接近參拜日時傷了腰，本來想婉拒儀式，但他們不肯，最後我只好挺著腰痛，坐在電動輪椅上被推去。」

沒想到在操作電動輪椅時出了錯，又從神社的石階上摔下來，輪椅整個毀壞，原本就有傷在身的丸山老師傷得更嚴重，因而住院。

儘管丸山老師十分在意學校的工作，但傷勢實在嚴重到無法動彈，只好安慰自己就當作人生中的一段休假，就和同病房的患者聊天度過吧，然而他卻住進如同旅館房間的單人房，一晚要價十萬圓的高級病房，全由岳家支付。未來的丈人對他說：「你好歹要發達到可以自己付這筆錢，不能老是吃安達家的軟飯，成年人應該要有自尊。」

「有人聽了這種話不會生氣嗎？」

「確實是說得有點過分。」在後面聽的友哉不禁自言自語起來。

「我的心都被敲碎了。」

丸山老師躺在病床上，好不容易一切都安定下來，未來的丈人竟然跑去院長室大鬧，抱怨十萬圓的病房很寒酸，將原本的十萬圓殺價殺成一萬圓。

「哦，不愧是安達家的人……」

友哉沒漏聽猩子突然轉向旁邊的低聲呢喃。

「我知道住院期間，護士私底下都叫我『十分之一男』，這個綽號好像也傳進小百合耳裡，可是不知道什麼是惡意的她也毫不在意地跟著叫我『十分之一男』，最近甚至還叫我『吃軟飯』。」

「嗯，很像小百合會做的事。」

「總之這樣的事還不少。」

因此他對安達小百合的感情迅速冷卻，相反的是愈來愈喜歡那名「秋村樹里　二十三歲」女子。

（丸山老師真是任性。不過說到周旋在兩名女子之間猶豫不決，我自己好像也沒資格說人家。）

友哉好奇地偷聽時，黑色電話突然響起，害他嚇了一跳。

「失陪一下。」相較於友哉，猩子冷靜地起身。

友哉與丸山老師不自覺地一同看向身著小紋和服（譯註：圖案類似碎花般重複的和服，適用於非正式場合）的猩子踩著彩色日式兩趾襪離開後，突然四目相對。

「鹿野同學，你從剛剛就在這裡嗎？我都沒發現。」

「因為我這個人沒什麼存在感。」

友哉將麥茶倒進已經空的杯子裡。

「老師，追求幸福真是個大難題呢。」

「是啊，友哉同學。」

兩人陷入沉默時，猩子剛好回來。剛才她傾聽丸山老師的訴說時表情十分冷靜，現在卻一臉喜孜孜。

「友哉，有件事情要拜託你，可以嗎？」

「是。」友哉如往常般點頭，畢竟面對猩子，他沒有拒絕這個選項。

「新市鎮的入口有一間名叫『不知火』的小餐館，說他們進了北海道的夏季毛蟹，要特別分我一些。」

「我以為冬天才會吃螃蟹。」

「哼哼，你真是外行。」猩子搓搓纖細的雙手，如吟唱般說：「夏天的毛蟹肥瘦恰到好處，格外鮮甜。有些喜歡吃毛蟹的人只肯吃這時候產的呢。」她陶醉地瞇起眼睛：「你幫我去一趟『不知火』，買兩隻燙好的夏季毛蟹。你可以騎放在倉庫的腳踏車去，不過腳踏車前後輪都爆胎了，要先去山下的腳踏車行修輪胎喔。」

猩子推著友哉的背，要他趕快出門。

「給我修腳踏車跟買毛蟹的錢。」

「咦？」猩子一臉不可思議地看向友哉。

友哉也毫不退讓地回看猩子，她這才吃驚地聳聳肩：「哎呀呀，現在的大學生可不簡單。」

友哉鼓著腮幫子，盯著猩子從腰帶裡拿出鑲著串珠的口金包。

*

友哉修好爆胎的腳踏車，去「不知火」領取兩隻以鹽水燙熟的毛蟹，再踩著腳踏車衝回安達之丘山腳。他推著腳踏車走回到位於飛坡陡坡的日記堂時，丸山老師正好說完他的苦惱。

猩子開心地把一隻毛蟹放在盤子上，另一隻交給友哉。

「辛苦你了，這是你的夏季獎金。（譯註：日本人一年會發兩次績效獎金，分別在夏季和冬季，加起來就相當於台灣的年終獎金）」

猩子笑瞇瞇地說完之後，又轉向丸山老師。

友哉因為意外獲得這個禮物而大感驚訝之際，猩子早已把他拋在腦後，轉身拿出一本日記，葡萄紫天鵝絨的封面以銀線繡了「日記」兩字，十分典雅。

「丸山老師，我想您適合閱讀這本日記。當我們客觀地閱讀別人的煩惱時，其實也正培養著理解自己的能力，漸漸地您就會看見自己應該選擇的路。」猩子如此說明，話中蘊含著些許詭異的說服力。

「這本日記多少錢呢？」

丸山老師想從外套內袋掏出錢來，卻被猩子輕輕壓住手。

「等您看完，覺得滿意再付就可以了。」

「真是良心生意。」

（哪裡有良心了？就算不喜歡也會要你付一樣多的錢。）

友哉一嘀咕，猩子便回過頭來，嚇得他抱著毛蟹往後退。

「友哉，趕快準備，我要你去幫客人的忙。」

「幫什麼忙？」

「丸山老師接下來要和未婚妻的雙親去旅行兩天一夜，慶祝康復，我要你陪他去。」

「啊？」

看到友哉一臉茫然，猩子拍了一下手。

「好了，友哉，快點快點！」

「突然要我陪他去……」

「沒錯，就是要你去，快點快點！」猩子毫不留情地催促。

友哉抱著毛蟹不知所措，最後退到書桌，將錢包和鑰匙塞進口袋裡。

「鹿野同學，麻煩你了。」就連站在玄關泥地上拿著鞋把在穿鞋的丸山老師都轉頭望向友哉，好像在催促他。

「是。」友哉邊應聲邊套上球鞋，完全忘記將毛蟹放到哪裡去了。

2

丸山老師和未婚妻約在安達平原新市鎮北口附近的咖啡店。咖啡店的屋頂有個竹簍蕎麥麵的立體雕刻，看來在咖啡店之前這裡應是間蕎麥麵店。

友哉和丸山老師一起下了計程車要走進店裡時，一台金色的福斯金龜車正好開進停車場。

「啊，她來了。」

丸山老師大聲說，友哉也停下腳步。

安達小百合從小就是千金大小姐，竟然親自開著古董金龜車來到咖啡店，實在是有些出人意表。

「小百合很喜歡老車子，開金龜車是沒什麼大問題，可是她連人力車和拉車都想收集，真是讓人傷腦筋，她還說結婚典禮時想搭馬車。」

「咦？老師，你這是在炫耀嗎？」

「沒沒沒，怎麼可能。」丸山老師搖動他那張大臉。

「既然她是老師的未婚妻，就算拿她來炫耀也可以理解啦。」

「鹿野同學，你啊……」

小百合的金龜車靈巧地在停車場裡轉了圈，停在丸山老師的身邊。駕駛座的車門打開時，彷彿巨大的艷金龜張開單邊的翅膀。

駕駛併攏纖細的腳踝後下車，摘下大大的太陽眼鏡，單眼皮的小眼睛微微地眨了眨，她的波浪長髮與粉彩的洋裝都是友哉見過的模樣。

「您好。」

「您就是那隻大白熊犬的主人吧？」

丸山老師的未婚妻就是在通往日記堂的飛坡上牽著愛犬散步的那名淑女。友哉這才發現原來遇見她並非偶然，拍了一下手說：「原來如此。」

「原來您就是安達小百合小姐啊。」

安達之丘是安達家的私人土地，難怪她會兩手空空、不帶裝狗大便的垃圾袋就牽著那條大白熊犬出來散步。

「久二彥，這位是你的朋友嗎？」

「他是我學生，今天無論如何都要跟來，講也講不聽……」

友哉朝丸山老師的小腿前側一踢，老師只好閉嘴，小百合開朗地笑了。

「你們感情真好。」

「照顧學生也是我身為老師的職責啊。」

丸山老師也綻放笑容，友哉覺得很不可思議。

（我怎麼覺得他們兩個其實還滿搭的？）

友哉坐進小百合金色金龜車的後座，跟著他們朝縣邊境的溫泉鄉前進。

金龜車後座空間相當狹窄，加上小百合好幾次走錯了路，兩個多小時的路程感覺格外漫長。

「我家狗狗很喜歡鹿野同學喔，牠很期待在飛坡上和你相遇，不過明天散步時看不到你，牠一定會很失望。」小百合握著方向盤，看著後照鏡對友哉微笑。

那身為飼主的妳，好歹清理一下自家狗狗的大便吧……這句話友哉實在說不出口，瞬間，車子彈跳了一下，他的後腦杓撞到後車窗。

「好痛！」

友哉發出哀號的當下，發現後方車子的駕駛座上似乎坐著一名身著青色和服的女子，雖然無法立刻分辨車子的品牌，不過看得出來是輛白色的輕型卡車。

（猩子小姐？）

友哉心想怎麼可能？仔細再看向後方來車時，輕型卡車粗暴地切換車道，超越了小百合的金龜車。

坐在副駕駛座的丸山老師抱怨：「那輛輕卡的司機開車真亂來。」

友哉調整心情，試著找些無關痛癢的話題。

「小百合小姐不在家的話，狗狗要如何去散步呢？」

「我不在家，傭人會代替我帶狗去散步，所以就算結婚也能放心出門去旅行喔。」小百合開心地回應。

「是啊，就是這麼一回事。」丸山老師也開朗地點頭。

金色的金龜車在此時抵達位於溪流旁的溫泉旅館。

＊

「電燈泡。」

小百合的父親給友哉取了個綽號叫「電燈泡」，於是就成了這趟短期旅程期間友哉的正式名稱。

「哎呀哎呀，不好意思，我這個人就是心裡藏不住話。」以「吃軟飯」稱呼未來女婿的安達先生如此形容自己。

另一方面，丸山老師來到安達先生跟前便切換成防禦模式。

「電燈泡同學說今天一定要跟來。」丸山老師不斷在大廳重複這句謊言，小百合的雙親誇他對學生真好。

友哉見到這副光景，終於明白為什麼丸山老師一定要帶自己來。因為他的到來形成「安達先生＞丸山老師（吃軟飯）＞友哉（電燈泡）」的階級高下，稍微抒緩了丸山老師心裡的不快。

「無論是我家的吃軟飯女婿還是電燈泡同學，都不應該滿足於那種程度的學校，必須走到外面去看看更加廣大的世界才行。」

「老公，你不應該這樣批評你擔任名譽理事的學校呀。」

安達夫妻站在毛長到蓋住腳踝的地毯上，宛如在雲上逍遙的壞心神明。

「鹿野同學來吧，往這邊走。」

丸山老師拖著腳，靈活地後退，抓住友哉的手臂逃離現場。進到房間裡，他把手伸到後方關上門，將拖鞋隨意一丟就往榻榻米上走去。

「跟那些人在一起根本無法呼吸。」丸山老師跪坐在長期受日光照射而變色的榻榻米上，疲倦地轉動脖子，骨頭喀喀響。

「哎，來看看書吧。」

丸山老師翻開那本葡萄紫封面的美麗日記。猩子挑的日記似乎還滿有趣的，他一翻開便沉浸在其中。

友哉無聊地眺望窗外的景色。遠處是被稱為靈山的石頭山，湧出的溫泉硫磺含量高。由於景觀十分特殊，從以前便被視為聖山。

「原來指南針在這一帶會失靈。」友哉讀起房間裡的觀光手冊，自言自語道。

這一帶雖然是觀光區，四周並未林立賣土產的店家，也只有這一間觀光旅館。窗外吹來的風，帶來比安達之丘更濃厚的自然香氣。

他們說旅館後方有個露天溫泉，去看看也不錯——友哉正起身想去泡溫泉之際，小百合從房間門口探頭進來。

「打擾了。」

她小小的眼睛和小小的嘴巴微微地笑著。

「哇，好棒的房間，我今天晚上也來這裡玩吧。」

原本埋頭閱讀日記的丸山老師嚇了一跳，抬起頭來，趕緊把日記藏到坐墊底下，假裝若無其事地哼歌。

「久二彥，你藏了什麼？你在看什麼？」如孩童般天真無邪的小百合纏著丸山老師。

「我沒有在看什麼啊。」

「你要是騙我，我就去跟父親大人告狀喔。」

小百合拿掉黏在丸山老師背上的棉絮，掰開桌上的茶點，放進嘴裡。

「呃，我這個電燈泡還是跟小百合小姐換房間吧？」

「咦，怎麼好意思麻煩你。」這對未婚夫妻異口同聲地說，但是丸山老師的動作是搖頭，小百合則是點頭。

兩人互瞄對方之後又同時想開口，天花板的喇叭在此時傳來雜音。廣播裡的人咳了兩聲之後，大聲地說：「安達小百合小姐、安達小百合小姐，請至別館後方的露天溫泉，您的朋友正在等您。」

「小百合，妳聽，妳朋友在等妳喔。」

丸山老師指指喇叭，又指向露天溫泉。小百合小小的眼睛露出些許的失落，卻又突然打起精神起身。

小百合起身時，身上的淺色洋裝飛了起來，旋即又落下，這一切的動作宛如慢動作播放，友哉的心頭莫名感到一陣騷動。

「我馬上回來。」小百合像個小女孩可愛地揮揮雙手，走出房間。

丸山老師目送小百合離開，原本屏住的呼吸才又恢復正常。

「鹿野同學，我打算在這趟旅行中跟小百合分手。」

「可惜了，她那麼有錢。」

「鹿野同學，大人做出會影響人生的重大決定時，輕易地說『可惜了』是很沒有禮貌的。」

很難得見丸山老師這般心情惡劣，氣得他整個人連同坐墊一起轉向另一邊。他拿出剛藏起來的葡萄紫封面日記又讀了起來。

「話說回來，那本日記裡寫了什麼呢？」

「戀愛中女人的心境。」

「總覺得老師語帶保留。」

友哉賊賊一笑，丸山老師說了句「才沒有」，便把身體轉向友哉。

「日記裡赤裸裸地記載女人心底的真話，恐怖到我都看不下去。」

「老師你雖然這樣說，看得倒是很起勁。」

「我很想知道結局，所以停不下來，看著看著還有點上癮。」

丸山老師念出日記的部分內容，還刻意模仿女生的聲音，聽起來頗噁心：

「怎麼看都是我比較適合他，我年輕、頭腦又好，可以為他生個健康又聰明的孩子，光是這點就表示我有權利愛他、得到他、甚至是搶奪他。那女人比我老這麼多，又笨，一副柔情似水的樣子，不過一定是在演戲，真討人厭！一肚子壞水。再怎麼說她那麼醜又愛裝，全世界的男人一定都很討厭那種假仙的女人！」

丸山老師喝下飯店準備的煎茶，像是要沖掉字句中的惡意。

「『假仙』這個說法有點可愛，不過現在很少用了吧。」

「我討厭這個詞。」丸山老師手放在葡萄紫的日記封面上，語帶同情地說：「和寫這本日記的女子在一起的男人一定很不幸。」

「我想至少小百合小姐不是這種人。」友哉說完，望著小百合本來想親手餵丸山老師吃的茶點。

丸山老師不知道是沒聽到友哉的話還是假裝沒聽見，把剩下來的茶點排成愛心的形狀。

「說到日記，紀猩子小姐是紀貫之的後代子孫嗎？」

「你說的紀貫之是指《土佐日記》的作者？」

「對，我對紀貫之很有興趣。鹿野同學聽過紀貫之是《竹取物語》作者的說法嗎？《竹取物語》被認為是最古老的小說，可是我覺得那是本日記，裡面是依事實而寫的。」

「咦？」

《竹取物語》的故事是說一個誕生自竹子的嬰兒，以不輸給竹子成長的速度迅速長成一名美女，玩弄眾多來求婚的男子之後，留下長生不老藥便回到故鄉月球。丸山老師主張這是日記，友哉只能啞口無言地看著他。丸山老師似乎不怎麼滿意友哉的反應，失望地嘆了一大口氣。

「你既然是文學系的學生，好歹對這種議題也要表示點興趣。秋村樹里同學聽到這種學術性的話題總是眼睛發亮。」

丸山老師將手機遞到友哉面前，說：「鹿野同學，我特別讓你看喔。」手機螢幕裡顯示的是一名年輕女子的照片，染紅的短髮在風中飄揚，像寫真女星那樣露齒而笑，不知道是不是隱形眼鏡的關係，眼睛裡閃爍著星星。這應該就是老師喜歡的那位女子——秋村樹里吧。

丸山老師看穿友哉的心思，得意地說：「她，也就是秋村同學，是我們學校的旁聽生，漂亮又有魅力，很認真、喜歡研究，和她講話非常有趣。相對之下，我和小百合不過是周遭的人硬將我們湊在一起，小百合毫不在乎我的心情，擅自推動婚事，我心中真正愛的人是秋村同學。」

友哉把茶點放入口中，繃一張臉嚼著。他想起自己對一見鍾情的真美與美麗絕倫的猩子搖擺不定，在丸山老師身上彷彿也可見自己的影子。

「老師真是個爛男人。」

「呃！」丸山老師將自己大手按在心頭。

「老師其實喜歡的是小百合小姐吧？」

「我、我才不喜歡。」

「騙人！」

「隨便你怎麼說，我已經下定決心，明天之前我一定要跟小百合分手，擺脫束縛。」丸山老師的大臉上是充滿決心的神色，頻頻對自己點頭。

但是那天晚上，安達小百合並沒有回到旅館。

3

別館是全新的建築，後方是有小溪流過的蓊鬱森林。

安達小百合前去赴約的露天溫泉在高大的樹木包圍下有些陰暗。她握著古老的木扶手，走下石階。更衣小屋的對面冒出大量水蒸氣，附近的溪流以一定的節奏，潺潺作響。

等待小百合的是一名紅色短髮的女子，比小百合年輕，而且長得很漂亮。

小百合在心裡將對方的身材、年齡和知性的長相打了分數，儘管她平常不擅長估量人，但今天她絕不會客氣。

「妳就是秋村樹里小姐嗎？」

無須多問，小百合也知道她就是在未婚夫手機畫面上出現過無數次的女子。小百合的聲音在顫抖，她知道自己扁平的鼻子與眼睛扭曲著。另一方面，眼前的紅髮女子仍是一張美麗的臉瞪視自己。相較於無論是哭還是笑，臉部表情都一樣扭曲的小百合，這女子的五官完完全全與自己不同，未婚夫久二彥的臉蛋也是，笑就是笑，生氣就是生氣，美得像幅畫。

（雖然久二彥的臉大了點。）

小百合在心中念著未婚夫的名字時，紅髮女子也報上姓名。

「對，我是秋村樹里。」

「呃，我們散散步吧。」

幾名客人走下石階，似乎是要來泡溫泉，因此小百合和樹里走向西邊的小路。

小百合是在去年秋天發現未婚夫外遇，她覺得他的態度有些不自然，於是偷看他的手機，結果在手機裡發現了另一個女人——秋村樹里的存在。最令她無言的是未婚夫居然把她的照片設為手機桌面。

樹里是大學的旁聽生，指導教授正是丸山久二彥。兩人互通信息，訊息的內容雖短，次數卻多得驚人。小百合光是一路追溯通信紀錄，便能清楚明白未婚夫的心究竟屬於誰。

她一個人無法打敗敵手。儘管她連合家人包圍久二彥，以訂婚的事實綁住他，還是深刻感覺他的心已逐漸遠離，但兩人都裝作若無其事，試探彼此的下一步。這樣根本不是戀愛，簡直像是在吵架。但就算是吵架，未婚夫妻沒有吵架的道理，小百合認為真正的對手是秋村樹里，因此她寄了挑戰書給秋村樹里。

收件人：秋村樹里小姐

主旨：挑戰書

我是安達小百合，我想您應該從久二彥口中知道我。這次寫信是要請問您是否願意於七月二十一日下午四點，到Y溫泉與我談談？我想與您討論兩人共通的問題，最後和久二彥回家的人便是勝利的一方。如果您同意我的提議，當天請來與我相見。

小百合心中湧上許多負面的情緒，說不出話來。

「明天和老師回家的人是我，所以請妳今天就跟老師分手吧。」

「咦？」

樹里先發制人，小百合差點腿軟。

（不行，我怎麼能輸！）

但是她不知道該如何回應。

小百合可以感覺樹里輕蔑的視線投射在自己的脖子上。

「怎麼說也是我跟老師比較匹配。我年輕、頭腦又好，可以幫老師生個健康又聰明的孩子，所以我才有愛老師的權利，也值得老師愛。」

離溪流稍微遠的小路旁綻放著白色的花朵。樹里摘下白花，遞到小百合眼前。

「這是木天蓼呢，妳知道嗎？會讓貓像喝醉酒一樣的植物。」

「我、我知道。」小百合逞強地回答完之後不知道該說什麼。

樹里沉默地等待她反駁，但是過了一會還是自己先開口：「所以我有權利將老師從妳身邊奪走。」

「哪有這種事。」

「妳年紀大我很多，這樣說有點傷人，但妳不怎麼聰明吧？長得也差強人意，看起來雖然很溫柔，但那真的是妳的本性嗎？」

「沒禮貌！妳真是太沒禮貌。」

「唉呦，好可怕喔，生氣了吔。」

樹里惡作劇似地說完後，跳過一片小淺灘。

「妳明知道老師喜歡我，還利用家人以金錢的力量強奪，真是爛透了。」
「說什麼強奪？久二彥本來就是我的未婚夫……」
小百合看到樹枝上插著一隻昆蟲的屍體，嚇得大叫，像小孩鬧彆扭的尖叫聲讓樹里皺起眉頭。
「都幾歲了，還發出這麼假仙的尖叫聲……」
樹里抱怨到一半，便張著嘴呆住了，因為她看見夏天枯萎的落葉上停滿食指大小的黑色蟲子。
「哇！」樹里抖掉五六隻爬上腳來的蟲，不顧一切地跑了起來。
「等等我！」儘管樹里是情敵，卻也是唯一走在一起的伴侶，她的恐慌馬上就感染到小百合。兩人離開溪畔步道，顧不得東南西北地在雜草叢生的山中四處亂竄，穿越白樺樹林，進入茂密的櫸木林時，小百合停下腳步。
「咦？」樹里也馬上跟著停下來。
仰望樹枝之間展露的天空，可以看到一小顆亮點——是星光。
「怎麼會？」

傍晚時分竟然轉瞬即逝，一下就天黑了。兩人無法相信轉眼便已是夜晚，不自覺地朝彼此靠近。

樹里拿出手機，又再次哀號出聲。

「這裡收不到訊號，而且已經過了晚上十點。」

「我的手機也收不到訊號，可是時間停在下午四點。」

「當初約的是四點對吧，所以我們兩個人的手機時間都有問題。」

樹里低語時朝自己的腳下看，又尖叫了一聲。幽暗的腳下開著一整片貼地的紅花，多汁的花瓣被她們踩碎之後，如鮮血沾滿了鞋子。

「我們是從哪裡走來的呢？走得回旅館嗎？」

「我哪知道？不要問我！」

樹里尖聲大吼之後，又倒吸了一口氣。

「他一定會來救我的。」

「對，他一定會來救我的。」

「他才不是來救妳。」

「閉嘴！」

黑暗之中，小百合唰地一聲揮動手，下一個瞬間她的手掌便打在樹里的臉頰上。

「醜八怪！痛死了！」

樹里大吼，小百合卻沉默無語。打從出生以來第一次對他人使用暴力的震憾，嚇得小百合茫然自失。

「對不起，說妳醜八怪是我太過分。」

小百合的沉默和攻擊也讓樹里冷靜下來，她一隻手按住臉頰，另一隻手抓住小百合的手腕。

「我想他不會來。畢竟已經這麼晚了，又不知道我們在哪裡。」

「但是……」

「我們自己想辦法吧，沿著原路走回去，只是剛才是從哪裡來的呢？」

樹里重複恐慌之前的疑問，手臂伸向後方，同時舉手的小百合卻指向完全不同的方向，兩人都嘆了一大口氣。

「我們剛剛看過這群白樺樹對吧。」

樹里瞇起眼睛說，小百合便拉著她的手臂前進。

不同於兩人指的方向，還有一方也看得見白色的樹幹。

「搞不好是那邊？一定是那邊！」

「對，一定是那邊。」

她們踩著紅花，一起走向白樺樹。兩人像是互擁般緊緊抓住彼此，只要有一人跌倒，另一個人也會絆到腳。累到無法爭辯的兩人默默地推著或是拉著對方前進，然而她們走去的地方並非原本想找的白樺樹林，而是一棟灰泥牆的老舊小屋。灰泥牆面雖然因老舊而烏黑，在夜晚的森林當中看起來竟是白到與白樺樹難分軒輊。

*

玻璃窗透出光，似乎有人在屋裡。

「總之，先拜託人家讓我們進去吧，說不定還可以借打個電話。」

也許是天太黑，看不見電線和電話線。但是窗戶透出光線，至少表示房子裡是有電的。

小百合拍打木板拉門，戰戰兢兢地開口：「請問有人在嗎？」

樹里站在旁邊看，不耐煩地按住小百合的手，說：「妳那麼小力，哪聽得到？」接著使盡全力敲門，大聲呼喊：「不好意思！我們是迷路的登山者，請收留我們一晚！」

「又不是在演民間故事，這樣說太可笑了。」

「沒關係啦，我們好歹算是在山中走，也確實迷了路，我想我們不可能現在走回旅館，又不想露宿野外，唯一的辦法就是請對方收留我們。」

樹里繼續不客氣地敲門。正當她要喊第三次時，木門伴隨「門會壞掉啦」的小聲抱怨而開。歪斜的木門後方出現的是身穿棉布和服與傳統工作褲的老婆婆，年紀老得跟這房子不相上下。小百合和樹里見到她一時都說不出話來。

「呃，不好意思，我們是從溪邊的旅館來的。」

「啊？溪邊？旅館？」

老婆婆像是看到奇怪的動物，來回看著兩人。

「這裡離旅館那麼遠嗎？」

「請問，方便借個電話嗎？」

「妳們居然沒迷路走到這裡。」

「不，我們迷路了，就是因為迷路才會……」

「妳們居然能夠平安來到這裡。」老婆婆拉著兩人的手，帶她們走進屋裡，再順勢關上門。木門雖然發出巨大聲響，卻沒有損壞，只是有些傾斜。

「這一帶有熊出沒，還有蛇，我小時候常常有嬰兒被蛇吃掉，偶爾也會有成人被吃掉。像妳們這樣年輕的女孩，三兩下就被吞下肚了，我這老太婆倒不用擔心，那些傢伙也知道我的肉很硬很難吃。」

老婆婆走進並不長的土間，招手要兩人跟著。

「在村長家當保母的女孩，放著嬰兒不管跑去河裡玩，結果被河童抓去。雖然河童最近都不出來了，不過以前常常出沒呢。」

老婆婆的話從提到熊的部分開始就愈來愈奇怪，但小百合她們想到終於不用在山中徘徊和擔心餐風露宿，聽老婆婆講些奇怪的話也不覺得有什麼。

小百合和樹里走進有火爐的木地板房間，發現不知為何已經準備好兩人份的晚餐。兩人交換了眼神，接著聽從老婆婆的催促，坐在餐台前。

「吃吧，快吃快吃。」

「請問……這個是？」

「不吃的話，我就收走囉。」

老婆婆的手自有鬆緊帶收束的窄袖口伸出，眼看就要碰到餐台。

「不，我們吃。」

兩人異口同聲地回答，迅速拿起碗，怕老婆婆的手再向前伸。餐台上有山菜、炸河蟹、野草天婦羅、吃不出是什麼做的醬菜和不知道是什麼肉的肉丸子。兩個人心懷感激地吃著，但也都對其中一小碟有蟲泡在裡面的蜂蜜視而不見。

「這麼柔弱的小女孩在山裡迷路，真是可憐呦。」老婆婆一直重複「可憐呦」，聽起來非常不吉利。

小百合稍稍拉高聲線開口問：「不好意思，方便跟您借個電話嗎？」

「電話？村長家是有電話，我這裡可沒有那玩意兒。」老婆婆困惑地笑著，手舉到臉前揮呀揮。

「請問村長家離這裡很遠嗎？」

「村長已經不在了喔，被蛇給吞……」老婆婆最後沒有說完，嘆了一大口氣。

樹里拿出手機，表示收不到訊息的圖示依舊存在，小百合不抱希望地看看手機，也是和樹里一樣令人沮喪的答案。

小百合覺得她們像是掉進傳說或是古老神話的情節之中，卻又覺得這樣想的自己有些可笑。

「據說中國自古以來就有使人迷路的咒術。」樹里喃喃道。

「討厭啦，聽了心情更糟了。」小百合忍不住罵她。

老婆婆溫柔地拍拍小百合的膝蓋，安撫端正跪坐的她。

「那不是咒術，而是高深的方位占卜，叫做奇門遁甲。說是占卜，其實是遵循天地法則的學問，若能學會，就能操控人，把奇門遁甲運用在軍事上的是三國中的人物諸葛亮。」

「啊，我好像聽過這個名字，我父親是三國迷喔。」

小百合天真地插話，樹里使個眼色制止她。

「老婆婆，為什麼妳會知道這個奇門遁甲呢？」

「因為我很愛看書啊，每兩個禮拜就會去一趟鎮上的圖書館。」

老婆婆的回答突然把大家帶回現實。除了泡著蟲的蜂蜜之外，兩人把餐點吃得一乾二淨。老婆婆收走已空掉的餐盤，指了指土間的後方。

「妳們累了吧，去洗澡、去洗澡。」

老婆婆站在陰暗的廚房，望著小百合和樹里張嘴笑，魚尾紋明顯的一雙眼睛彎成兩道月亮，如同能劇的猩猩面具。

＊

鄉下房子的浴缸像是檜木做的便當盒。

柴火燒的洗澡水十分溫和，還散發些許木醋和強烈的藥草香氣，滲入她們疲累的肌肉。

「我放了月桂葉和鼠尾草喔。」老婆婆勤勞地站著做家事，邊招呼兩人。

房子裡只有兩個房間，老婆婆帶領兩人走向後方的房間時親切地說明：「月桂葉適合燉肉，鼠尾草有助於消除油膩。」

和室房間已經鋪好棉被，肉體的疲勞與舒服的藥草浴讓小百合放鬆地倒在蓋被上。

「趕快休息，我要關燈了。」

當老婆婆正要轉動燈泡開關時，樹里慌張地阻止：「等一下，我得擦乾頭髮。」樹里拿出小毛巾揉搓自己的紅色短髮。

老婆婆不知道是不是也很睏了，有點不耐煩：「總之妳們要早點睡。」

「嗯，我們會早點睡。」樹里乖巧地點頭，急忙擦著頭髮。

老婆婆看到樹里在擦頭髮，粗魯地關上木門。

儘管位於山裡，連木頭窗板都緊緊關上的狹小房間一點也稱不上涼快。滲入兩人身體的藥草氣味，充斥整個房間。

「小百合小姐、小百合小姐，起來啊！」

「什麼事啦？」已睜不開眼的小百合懶洋洋地說。

「剛剛婆婆提到三國的事對吧。」

樹里一一撿起散落在房間中貼有町立圖書館標籤的書籍，邊對小百合說：「三國志裡有一段故事是主角劉備……」

「嗯，我父親最喜歡劉備。」

樹里壓低聲音說：「妳不要插嘴，乖乖給我聽著。」

小百合失落地望著她：「對不起。」

「妳聽好囉，那個劉備啊，有一次輸給一個叫呂布的人，像個落難武士逃跑……小百合小姐，妳知道什麼是落難武士吧？」

「啊，妳當我是笨蛋，落難武士指的是打輸了逃走的武士對吧，但在中國也叫做武士嗎？」

「嗯，大致上沒錯，及格。」樹里撫摸小百合已變直的長髮。

「總之劉備也跟我們一樣，受到陌生人救助。救他的人叫劉安，平日打獵維生。劉安很高興劉備來拜託他，因此請他吃好吃的肉……」

「我有一股不祥的預感，接下來可以不要告訴我嗎？我想睡了。」

「不行，給我繼續聽！」樹里拿走小百合的枕頭。

「這道菜真好吃，是什麼肉呢？」、「狼肉。」

「劉安如是回答劉備，但是到了第二天早上，劉備在庭院裡發現一名女子倒在地上氣絕身亡。那是獵人劉安的妻子，手臂上的肉遭人割除。」

「咦？咦？咦？」小百合說不出話來，只做出「給劉備吃他太太的肉嗎？」的嘴型。

樹里點點頭，加了一句：「不過這段故事應該是虛構的。」

「什麼嘛，不要跟我說奇怪的事啦。」

樹里拿出剛剛收拾的町立圖書館書籍，給鬆了一口氣的小百合看。書籍種類包含小說和改編自真實的故事——主題全都是吃人肉，其中還有詳細的烹調方式。

「我剛才就覺得很奇怪，晚餐居然準備得剛剛好，簡直像是知道我們要來，妳不覺得我們是被中國古代妖術引誘到這裡來的嗎？」

「可是那個奇門什麼的是假的吧？」

「不，奇門遁甲是正統的方位學，只要學會了，就能操控人，剛剛老婆婆不是也這麼說了嗎？」

「喔……」

小百合的回應似乎事不關己，樹里握住小百合的手斥責她：「妳振作一點！」

「老婆婆讓我們泡澡的洗澡水，為什麼藥草的味道那麼重呢？為什麼要放月桂葉什麼的呢？我們又不是燉菜！」

「咦？」原本傻傻聽著的小百合此時突然了解樹里想要表達的意思。

「月桂葉適合燉肉，鼠尾草有助於消除油膩。」

老婆婆說要燉肉是什麼肉呢？消除油膩又是什麼油膩呢？

「我想指的應該是我們。」

「我們變成糖果屋的漢賽爾和葛麗特了嗎？」

小百合說道，樹里無可奈何地聳肩：「妳這個人也太可愛了。」

「對不起。」

樹里無視於小百合的道歉，自顧自地在陰暗處翻找，好不容易翻出來的是兩人的鞋子。

「把鞋子穿上。」

「我們不是脫在門口了嗎？妳什麼時候拿來的？」

樹里催促小百合穿上，自己也趕緊套上鞋子。

「剛剛洗完澡時我偷偷拿來的。這個房間一定要通過隔壁房，才能走到玄關。」

樹里說完，和小百合一同窺視透出微弱燈光的隔壁房間，兩人同時屏氣小心不發出聲響。

老婆婆在這樣的大熱天裡依舊點起火爐做菜。紅色的燈光下，從髮髻上散落的白色髮絲格外清晰，嘴巴看起來大了一點五倍。丟進大鍋子裡的大塊蔬菜，不就跟人肉食譜裡看到的一模一樣嗎？老婆婆在偏紅的燈光下抬起頭，滿是血絲的眼睛恰好和透過縫隙偷看的小百合倆對上。

「！」這究竟是老婆婆的恫嚇，還是小百合等人的悲鳴呢？

尖叫聲和粗野的怒吼此起彼落，下一刻，小百合踢開關著的木頭窗板。

「走這裡、這裡！」

雖然兩人都搞不清楚到底是哪裡，還是抓住彼此的手臂一起逃走。兩人蹬腿跑過雜草叢生的地面，快到都沒發現自己氣喘吁吁。四周雖然一片黑暗，道路卻莫名清晰。相較於迷路時不知該往何處去，逃走時的方向清晰到宛如電玩的畫面，只有應當前進的方向展現在眼前。她們衝過紅色的花叢，通過櫸樹林，來到白樺樹一帶時，小百合終於放慢速度。

「我好像看過這裡，喂，樹里，我們曾經走過這裡吧？」

小百合開口詢問，卻沒有人回應。

「樹里？樹里小姐？」

小百合背脊發冷，反手抱住自己。明明剛剛還和樹里抱在一起，完全不知道什麼時候和她走散。無論小百合如何用力睜眼看，如何高豎耳朵，只有孤獨如回聲反射到身邊。就在此時，她聽見有人踩在草地上的腳步聲。

（樹里小姐？）

小百合正想要呼喚樹里時，附近的灌木叢後出現了甩動著白髮而前行的老婆婆。

（糟了！）

小百合一蹲下，底下便吹來一股冷風，腳下的地面崩塌，使她一屁股跌坐下去。再後退往下看，發現底下變成一個風穴，一顆長了紅毛的圓球在洞裡動來動去。老婆婆說過的大蛇和河童等傳說故事在小百合腦海中快轉。

「呀！」

小百合害怕地後退，卻又忍不住好奇心地朝黑暗的洞穴一看，結果發現紅色的毛球不是森林裡的妖怪，而是秋村樹里的頭。

「樹里小姐、樹里小姐，妳還活著嗎？」

樹里在黑暗的洞穴中抬頭仰望小百合，似乎在哭泣。

「我掉進洞裡了，請妳去找人求救。」

「我沒辦法一個人去。」

小百合仰望剛剛老婆婆經過的灌木四周，視線再度回到洞穴。

「我要和妳一起待到早上，待上好幾天，陪妳到妳死為止。」

「喂！」洞中傳來咒罵，「妳白癡啊，妳可以去找人來救我，妳可以的，快去叫丸山老師來救我。」

「我才不要，我見到久二彥，說不定，我不會跟他說我見過妳。」小百合強硬地說完之後，又小聲嘀咕：「而且我一個人不敢去。」

「哦喲！妳真是沒用，就是這樣妳未婚夫才會去搞外遇。不懂世事、不體貼，人笨又不風趣，父母又愛擺架子……這都是老師跟我說的，不過我現在覺得一點都沒錯！」樹里抱著一頭紅髮，激烈地吶喊。

小百合愈聽愈覺得悲慘，便抽抽噎噎地哭了起來。

「啊，煩死了！妳看，老師傳訊息過來了。啊？」

樹里突然大叫一聲，然後沉默了。無論是樹里還是小百合，都花了點時間才明白沉默的意思。

「啊！」小百合看看自己的手機，發現手機的收訊狀態終於由收不到訊號轉變成收到訊號的圖示。

「啊啊！」小百合手指不聽使喚摁錯好幾次，才終於撥完未婚夫的電話號碼，吸了一口氣，將手機靠在耳邊，電話發出「正在通話中」的無機質鈴聲之後便斷了，她的心沉了下去。

先前好像聽誰說過拒絕來電和通話中的鈴聲是同一種。

（難道久二彥拒絕接我的電話嗎？）

小百合感到絕望，不過她馬上發現底下搖晃的紅頭髮也打給同一個人。

（原來久二彥正在通話中啊。）

很快就結束通話的樹里抬起頭來，笑容可掬。

「老師馬上就會來救我們喔！得救了！」

「呃，那個……」

「小百合小姐一直傻呼呼的，所以我才注意到原來電話已經通了，這也算是妳的功勞呢。」

「喔！」

樹里在洞穴裡踮起腳，伸出手。

小百合小心翼翼地趴在洞口伸出手，勉強觸及樹里的指尖。

「Give Me Five！」

黑暗中唯一可以確定的是兩人的臉上都露出笑容。

4

最後，是當地的消防隊救了小百合和樹里。

小百合的雙親見到兩人憔悴歸來，當場昏倒，弄得還得再找人來救援。

「呃，好險妳們兩位都平安無事……」丸山老師走向像小學女生手牽著手的小百合和樹里，俊美的大臉一下湧現安心與尷尬等各種情緒，形成複雜的表情，突然，他轉身想從這兩人身邊逃離。

友哉從背後抓住他，低聲怒罵：「老師這時候要是跑掉，就是不折不扣的爛人了。」

「呃。」一段沉默之後，丸山老師站在樹里面前，手上抱著那本葡萄紫封面的日記。

「嗯，秋村同學，謝謝妳把小百合平安帶回來。」

小百合和樹里互瞄彼此，不發一言數著對方臉上被蚊子叮咬的腫包，只有小百合伸手抓了抓臉頰。

再度陷入漫長的沉默之後，樹里的視線轉向丸山老師手上的日記。

「小百合，我剛剛有一件重大發現。」

「怎麼了嗎？」

「到了這個節骨眼還真有點難以啟齒，不過我現在覺得他並不怎樣。」
「不會啊，久二彥一直都很棒。」
「妳是認真的嗎？」
「當然。」
「好吧。」樹里先放開兩人緊握的雙手。
「我很高興可以見到妳，無論是悠悠哉哉還是一腳踢破窗板的妳，都很有魅力。」樹里朝小百合親切地笑了，然後再朝丸山老師恭敬地一鞠躬之後，便自行離開了。
丸山老師戰戰兢兢地看著未婚妻，從口袋裡拿出蚊蟲叮咬的藥。他本來要遞給她，卻又拿回來笨拙地打開蓋子。
「被蚊子叮了那麼多包，不癢嗎？應該很癢吧？要是會癢的話……」
「很癢。」
「那就好，不對，根本就不好。」
看到丸山老師為她把藥塗在手腕上的腫包，小百合說：「好癢。聽說癢跟痛不一樣，不是那麼重要的感覺，所以人在緊張或是危難時就不太會感到癢。我第一次聽到時覺得難以置信，可是剛才我明明不覺得癢，現在卻癢了起來。」

「那就好，不對，根本就不好。」

「樹里也趕緊癢起來就好了。」

「嗯，是啊。」丸山老師尷尬地點頭，把藥塗在小百合鼻頭上。

＊

友哉和丸山老師一起坐在露天溫泉旁的長椅上。他們看見秋村樹里坐上平日一天只有兩班的巴士，紅色短髮隨風搖曳，她轉頭面朝友哉和丸山老師看了一下，又面無表情地走上巴士的階梯。

紅白條紋的巴士非常緩慢地開走了，彷彿是怕驚動到車頂上停留的蜻蜓。

「我曾經在學校看過她。」

「因為她是旁聽生。」

「她還會來上學嗎？」

「不知道吔。」

「都是老師的錯。」

「嗯。」

小百合的父母親還躺在旅館房間，已睡飽的小百合正在他們床邊照顧著。

「我會再待一天，到時候和小百合他們一起回去。」

「我搭傍晚的巴士回去。」友哉說完之後吸了吸鼻子，掏掏口袋。

「我好像感冒了，鼻水都快要……」

友哉翻找著空蕩蕩的口袋，丸山老師遞來一包面紙，同時拿出葡萄紫封面的日記。

「啊，是那本個性很壞的女生所寫的日記，老師看完了嗎？到最後都還是很有趣嗎？」

「這其實就是秋村同學的日記。」

「咦？真的嗎？」

友哉邊擤鼻涕，邊把日記放在膝蓋上翻閱。

丸山老師在重要的部分都貼上了便利貼，很像大學教師會做的事。光看他貼的重點，可以發現作者經常奪人所愛，這本日記也記錄了和丸山老師之外的男人在一起時，身為第三者的心情。

「她的目的與其說是想戀愛，正確來說應該是橫刀奪愛。」

「狐狸精！」

事不關己的友哉大罵，丸山老師立即露出了厭惡的表情。

「從某種角度來說，秋村同學鎖定的目標不是我，而是小百合。她只要看到像小百合這種個性老實的女生，就會去騷擾人家的另一半。」

結尾處貼了不同顏色的便利貼，原本用英文字母標記的名字在最後變成本名，裡面也包括秋村樹里本人的名字。可能一時興起，便寫出本名。

「真是可怕。」

秋村樹里應該是擺脫了當時的關係，又想誇耀勝利的心情，於是將日記拿到日記堂去賣。而讓樹里的新目標——丸山老師讀到這番強烈的內心獨白，則是日記堂的店主紀猩子的安排。

（雖然凡事有因果報應，但猩子小姐這樣做也太殘酷了。把秋村樹里的日記賣給丸山老師，總覺得已違反了保密義務。）

友哉思索的當下，丸山老師提起猩子的名字。

「解開一切的關鍵就在這本日記裡，是紀猩子小姐特意要告訴我這件事，她真是個不可小看的人。」

「咦？」友哉一時無法了解丸山老師的意思，抬起頭來。視線的一角——從長椅俯視剛巴士經過的道路，有一台白色的輕型卡車正走過，駕駛座裡是一名黑髮綁成一束，身著青色和服的女子握著方向盤。

「猩子小姐？」

卡車後方堆的紙箱裡，好像放了白色的假髮和務農穿的衣服。

第四章　暴走

1

秋村樹里來到車站附近的露天咖啡廳，對面坐的是一名同齡的女子。

「妳被叮了好多包，是去爬山嗎？」

「嗯，算是吧。」

樹里照了照小鏡子，確認臉頰上並排的腫包，又把視線轉回女子身上。兩人的衣著都是白色與深藍色條紋相間的洋裝，外加卡其色的連帽外套。然而她們並不是雙胞胎，長相也迥然不同。這時，樹里的髮型已經換成黑色的鮑伯頭。

「樹里，妳換造型了嗎？」

面對女子的詢問，樹里皺起眉頭來。想到要說是因為失戀才換造型，也讓她很不高興。

（我明明換造型了，這傢伙卻還是那副德性。）

眼前的女子頂著樹里當初和情敵大戰時的髮型，那感覺簡直就像看到過去的自己。

這個朋友無論是用的、穿的，從來就不清楚自己的喜好，是個沒有個性主見的人。樹里和她從小一塊長大，所以她無論文具還是穿著，都要跟樹里一樣。

「妳又學我穿衣服。」

樹里把髮型的事逐出腦海，比了比兩人身上的衣物。

「算了，妳總是這樣。」

對方身上傳來茉莉花茶的香氣。隔壁桌的媽媽三人組正在討論：「茉莉花茶也不錯。」

「但是今天妳身上有茉莉花的味道。」

對於這個內向的朋友，樹里露出似讚美又像嘲笑的笑容。

「香水是妳自己挑的嗎？」

「不是。」

朋友眼睛往上瞟，好像在生氣。

「發生了一些事情，呃，其實也沒有什麼。」

「這是妳男朋友喜歡的香水嗎？」

「這又不是香水。」

朋友一副快哭出來的表情害羞著，像是要揮去自己忍不住吐出的嘆息似地揮動雙手。

「比起這個，樹里妳不是要跟我說什麼？」

「我要跟妳說我男朋友的事，不過不是什麼好事，我們分手了。」

「啊，妳是說丸山老師嗎？」

朋友的眼中這才出現意志之光，只有在跟她傾述煩惱時她才顯得比較可靠。樹里一臉憂鬱地吃掉鮮奶油上的櫻桃。

「那傢伙超迷紀貫之，每次見面開口閉口都是紀貫之。妳知道紀貫之嗎？就是《土佐日記》的作者。」

「他很年輕嗎？」

「是平安時代的人吔！怎麼可能年輕！」

「對不起。」

聽到朋友道歉，樹里望向盤子裡的櫻桃籽。

「那傢伙說《土佐日記》的前言宣稱包含內文在內，整本書都是欺瞞的咒語，這是為了保護自己不受到《古今和歌集》假名序的詛咒。」

「我完全聽不懂妳在說什麼。」

樹里煩躁地看著她，舉起雙手擺出「是我的錯」的手勢。

「簡單來說，《土佐日記》開頭就說『日記原本是男人寫的東西，我身為女人也來寫寫看』，可是作者紀貫之明明是個男人，很奇怪吧？」

「是喔？的確怪怪的。」

「簡而言之，這句話代表紀貫之宣稱自己要在日記裡寫的是與事實相反的事情，這是那個臉很大的丸山老師說的。」

「喔，這個紀貫之的確很有趣。」

看到朋友一臉興趣盎然的樣子，樹里長久以來低落的心情也隨之好轉。

樹里喜歡討論學術，所以聽丸山老師說一些艱深的話題她其實也很開心。丸山老師和之前她看上的男生不同，算是她真心喜歡的人，但是會這麼想，也許只是因為對自己而言，丸山老師根本遙不可及。

「還有啊，那個《古今和歌集》假名序的詛咒很有意思喔。」

和歌無須注力，即可動天地，泣人所不見之鬼神，和男女（樹里念到這裡皺起眉頭），慰勇猛武士……

「紀貫之在《古今和歌集》開頭提到和歌——其實要說的是言語，具備有如此強大的力量。正因為如此，他明明已經說了《土佐日記》是日記，並非虛構卻又寫反話，他覺得自己會受到言語的制裁，也因此他才會在日記的開頭處說『這明明是日記，我卻寫些假話，請原諒』。」

「嗯嗯。」

朋友深受吸引，忘記自己的害羞內向，臉上閃耀著光芒。

「日記真厲害。」

「對啊，很厲害吧。」樹里的心情愈來愈好。

「然後丸山老師說，《竹取物語》也是紀貫之的日記。」

「咦？這不是很奇怪嗎？」

「是啊，但是那傢伙卻相信《竹取物語》是真人真事，認為世上真的有長生不老藥。他會接近安達家，原本也是為了調查《竹取物語》中出現的長生不老藥。」

「安達家從以前就很有錢，是安達平原一帶的大地主，也是丸山老師的……」朋友一臉擔心地偷瞄著樹里。

「對，安達家就是我情敵家，話是這麼說，但我看上丸山老師時，他們已經訂婚了。」

「喂，妳不要再去搶別人的男人了啦。」朋友邊攪拌融化的冰淇淋和巧克力醬邊說。她個性懦弱，每次提出相反對意見時，總是沒辦法直視對方，不過話說回來，她根本就很難得會提出反對的意見。

「嗯，我想放棄了。」

樹里的眼睛追逐玻璃器皿中旋轉的甜蜜漩渦。朋友的上半身倒映在倒滿水的玻璃杯中，她身上的連帽外套與樹里相仿，洋裝也近乎一模一樣，但兩人的衣物並非同一品牌，她只是觀察旁人的穿著，購買類似的商品而已。

「但是妳呢？沒主見到這種地步，也是一種表現自我的方式。」

「真的嗎？」

「我是在諷刺妳。」

「那以後我來學別人好了。」

朋友的視線開始追尋走在路上的同齡女子。

「喂，妳真是的，這樣一點意義也沒有啊！」

樹里皺起眉頭，又突然放鬆緊繃的臉龐。

「謝謝妳今天聽我抱怨。妳願意的話，我陪妳去買衣服吧？」

她看著朋友身上和自己一模一樣的衣服，邊把蚊蟲叮咬藥塗在膝蓋上。

＊

從溪流旁的溫泉旅館回來之後，友哉的感冒愈來愈嚴重。他打電話去日記堂請病假，發現猩子也以鼻音回應。

「夏天機然呢感莫，真似白七（夏天居然得感冒，真是白癡）。」

「蛤？（啊？）」

「算呢（算了）。」

友哉忍住想吐槽猩子「妳不也感冒了？」的衝動，說完「應子小蹶，妳也保衝（猩子小姐，妳也保重）」便掛了電話。

但是猩子小姐的鼻音並不是因為感冒。隔了一星期之後，友哉氣喘吁吁地爬上飛坡，才知道日記堂遇上惡臭危機。

「哪！（啊！）」

猩子的鼻子上夾著洗衣夾，邊搧動浴衣的袖子，從店裡跑出來。

「早……」

「偶受不鳥呢（我受不了了）！」

猩子小姐看到友哉，便抓著他的手腕全力衝下飛坡。

「猩子小姐怎麼了？哇，救命。」

猩子小姐明明穿著浴衣和木屐，卻能大步逃跑。友哉為了不要跌個狗吃屎，只能跟著一起衝。跑到可以聞到晚開的繡球花香的地方，猩子終於停下腳步，粗暴地甩開友哉，拿下鼻子上的洗衣夾，用力深呼吸。

「來到這裡，總算能呼吸了。」

「發生什麼事了嗎？」

友哉回望來時路，對自己剛剛居然能一口氣跑過這麼長的距離竟然有點感動。

「我實在沒辦法。」

猩子站在友哉旁邊，一起望著飛坡。

「事情是從你去溫泉旅行而請假的第二天開始……」

「等一下，我會去溫泉旅行也是因為妳要我幫客人的忙啊，可不是為了去玩才請假。」

「是是是。」

猩子一臉煩躁地朝臉上搧風。

「就是會來這一帶散步的小不點啊……」

「小不點是哪位？」

「小百合的大白熊犬。」

「妳果然認識小百合小姐。」

「我們是遠房親戚。」

猩子抬起下巴的高傲表情中，隱含難以判斷的情緒。

「那隻大白熊犬是女生，叫小不點，名字還是我取的。」

「既然如此妳就對牠好一點，或是自己清牠的大便……」

「不要打斷我說話！」

猩子的口氣很嚴厲。

「一開始是小不點發現味道……」

替小百合遛狗的是安達家的老傭人土田太太。照猩子的説法，小百合是太不拘小節而不會動手清理狗大便，土田老太太反而是太在意小事情而無法忍受狗大便。

「我從以前就跟她不太合。」

土田老太太帶狗來散步時，不但會清大便，還會順便清理周邊的垃圾，猩子因此很高興。

但是這次情況不一樣。大白熊犬小不點異常興奮，不顧帶牠散步的人在後面拉著，自顧自地四處聞，一副「這種時候就是我派上用場」的模樣，一直不斷挖地。

好好的一隻狗到了日記堂附近竟出現異常的行為，土田老太太不禁往壞的方向去解釋。她也學起狗來，皺起鼻子聞，覺得日記堂好像傳出什麼奇怪的味道。

「猩子小姐，您的店裡有股奇怪的味道呢，該不會有死老鼠吧？開店應該要隨時保持清潔啊。」

土田老太太每天每天來抱怨，臭味也一天比一天重。待那臭氣已到了猩子不捏著鼻子不行，土田老太太已不來向猩子抱怨，而是跑去派出所報案。

「飛坡爬到一半的地方不是有間名叫做日記堂的怪店？那裡面傳出奇怪的味道，簡直像是有屍體藏在裡面，腐爛的屍臭味陣陣傳出來，就是那種蛋白質腐敗、屍體的味道。」

土田老太太再三強調屍體、屍體、屍體。

「您這麼一說，最近都沒看到之前來打工的那個年輕男孩，他該不會遇害、被埋在那家店的地板底下……」

年輕員警無法抗拒土田老太太的要求，只好聯絡縣警局的刑事課，於是便衣警察前來調查，猩子嚇了一跳。

「警、警察？懷疑我棄屍？」

猩子不允許自己露出些許驚慌的表情，只是斜睨警察亮出來的警察證。

「如果你們能處理這股惡臭，管你是刑警還是旗本無聊男（譯註：佐佐木味津三小說中的男主角，口頭禪是好無聊）上門我都無所謂。」

這番爭執才剛發生在一小時之前。

「旗本無聊男是誰？」友哉問，飛坡上吹來一陣風，帶來臭味。

猩子用深藍色的衣袖掩住鼻子，定睛一看。友哉也一起摀住鼻子抬起頭，發現一名身著清爽白襯衫、黑色長褲搭樂福鞋的女子出現。

「咦？」

那人原來是隸屬縣警局的刑警小川皆子，她手上高舉一團狀物，威風凜凜地站在兩人面前，簡直就像傳說中提著男子首級的女戰士。

「猩子小姐，這是怎麼一回事！妳該不會藏了顆人頭在店裡吧？」

友哉嚇得顫抖，此時店裡又衝出其他刑警。

「小川妳不要亂揮，很臭。」接著出現的是魚住警部補。

「偶們企砍砍吧（我們去看看吧）。」猩子以洗衣夾夾住纖細的鼻子，往坡上走。

「猩子小姐妳這個犯人不逃跑嗎？」

「你縮誰速換倫？（你說誰是犯人？）」

猩子加快了腳步，大概是在生氣吧？兩人穿過發出清脆聲響的風鈴，一起走進散發惡臭的日記堂。

「啊！」

店裡除了兩名刑警，還有一開始接受報案的派出所員警、里自治會會長和社工人員。

「這是？」

大家的注意力集中在警部補手上拿的垃圾袋。

「螃蟹。」

「螃蟹？」猩子粗暴地拔下洗衣夾，憤怒地確認。

「是螃蟹沒錯。」

猩子一把搶下警部補手裡的垃圾袋，打開裡面有一隻臭掉的毛蟹。大家一聞到袋子裡冒出的惡臭便發出哀號，猩子慌張地綁起袋口，但是綁起來歸綁起來，卻不知該把袋子往哪裡擱，只能原地跺腳。

「哎，什麼棄屍嘛？」

「我本來還想跟老婆炫耀一下我的英勇事蹟，真令人失望。」

真不知他們在期待什麼，微胖的里自治會會長和瘦巴巴的社工人員四目相對，一臉可惜的表情。兩人無視於茫然無措的猩子，迅速打開窗戶換氣。另一方面，兩位刑警從猩子手上接過袋子，又打上好幾個結。

「螃蟹是、是在哪裡……找到的？」猩子痛苦地問，彷彿在為螃蟹哀悼。

「在那個甕裡。」小川刑警指向友哉的桌子一帶，那裡有個看起來頗為沉重的信樂壺。

猩子沉默了一會兒，她美麗的額頭上冒出青筋。

「友哉，可以解釋一下是怎麼回事嗎？」

「呃！」

友哉回想起感冒請病假之前，依照猩子的吩咐，要去「幫客人的忙」而前往溫泉旅行。

「那是一星期之前的事了……」

任教於大學的丸山老師來到日記堂傾訴自己快走不下去的婚事，然後小餐館不知火打電話來，說有夏天的毛蟹要給猩子，友哉奉命把爆胎的腳踏車牽去修，接著去不知火拿毛蟹，拿了兩隻已燙熟的毛蟹回來，其中一隻猩子說就當作是夏季獎金，給了友哉……

「啊！」友哉兩隻手按住自己的臉頰。

「啊什麼啊！」猩子的聲音變得很可怕。

「誰教妳那時候一直催我。」

猩子催促友哉陪同丸山老師去溫泉旅行，友哉捧著毛蟹不知該如何是好，猩子依舊不斷催促他快上路。

「快快快！」

結果友哉把手中的螃蟹……

「藏在書桌旁邊的甕裡，上面還蓋了一本書掩飾嗎？」小川刑警用手帕掩鼻，眼神銳利地盯著友哉。

「才不是！你們搞清楚，那張桌子算不上辦公桌，充其量只能說是茶几，還有我暫時存放螃蟹的不是『甕』，是信樂燒的『壺』，而在壺口放書不是為了掩飾是……」

「友哉，你不要惱羞成怒，亂怪一通。」

猩子抓著友哉的後腦勺往前按，要他向刑警們鞠躬道歉。

「這隻螃蟹該怎麼辦？當證據嗎？」

「這又不是刑案，當什麼證據？」

「那可以丟掉嗎？」

「不，它畢竟還是危險物品。」

猩子目送這群刑警走下飛坡後，怒氣沖沖地雙手抱胸，大吼：「友哉，看你惹出這麼大的事情。」

「猩子小姐才奇怪，為什麼一直都沒發現呢？」

「我也有很多事情要忙的呀。」

猩子不知為何轉移視線，好像想矇混過去。

「那妳是在忙什麼？」

友哉正想一探究竟，但客人接二連三上門來，螃蟹的事也就被丟到一邊。

「猩子，好久不見。」一名長者似乎認識猩子，一進門就親切地打招呼。

友哉最近發現，悠閒一陣子之後，客人就會接連來訪，他們並沒有事先約好，但不知為何就是會同時出現。雖然今天客人是在經歷了螃蟹引起的騷動之後出現。

還留在店裡的一名制服警察拎著信樂壺往外走，用團扇搧去悶在壺裡的惡臭，里自治會會長和社工人員也將店裡所有窗戶通通打開，正坐下來喘一口氣。

「歡迎光臨。」

原本經營木屐店的里自治會會長，看到客人反射性擺出笑容。

這些客人——佩戴領繩的老紳士、身著銀行制服的女行員、穿著顏色明亮一如夏日的成套針織衫的年輕女子，紛紛進入室內躲避外頭炙熱的陽光，鬆了一口氣。

「聽說進了稀奇的日記。」佩戴領繩的老紳士馬上開始說明想要的日記。

女行員似乎早已預定，拿起事先包裝好的商品，卻有些懷疑地皺起鼻子。

「還有味道嗎？我家不懂事的工讀生把螃蟹放到臭掉了，真是抱歉，呵呵呵。」猩子高雅地笑著。

友哉嚥下想反駁的衝動，想跟平常一樣靠在信樂壺上，但是今天背後沒有壺，他整個人往後倒。正當友哉姿勢醜怪地要從地上掙扎起身時，發現有個人有些不好意思地想跟他搭話。

（我好像在哪裡見過這位客人。）

是最後進來的那名女子，身穿黃綠色夏季針織衫搭裙子，紅色短髮看起來活潑，表情卻十分苦悶。友哉一直覺得她很眼熟。

「我想看看這本日記。」

女子遞過來的是一本亮橘色封面的日記，露在袖子外的白晰手臂傳來茉莉花的氣味。

「歡迎光臨。」友哉急忙端正姿勢。

一回到店員的身分，輕微的既視感瞬間消失，意識反而集中在對方全身散發的香氣。

（這麼說來……）

自從友哉來到日記堂打工，每次要發生奇妙的事情時總會聞到茉莉花茶的香氣，只是日記堂的工作總是繁忙，一忙起來又忘了。

「這是茉莉花茶的味道嗎？」

友哉忍不住開口詢問，女子驚慌地聞了聞自己的手臂和衣服，居然提出和猩子一樣的疑問：「還有味道嗎？」

「這是泡澡劑的味道，我總是一次倒一堆，不小心就放太多。」

「我懂我懂，橘色的粉末放進去，洗澡水居然變成黃綠色，很有趣對不對，我小時候也總是忍不住放一大堆，因此常挨父母罵。」

女子的針織衫顏色恰好也是黃綠色，與加了泡澡劑的洗澡水相同。

因此友哉邊聊天邊偷偷在心中為這名客人取了個綽號叫「茉莉花小姐」。

「這本日記多少錢呢？」

「請您先讀讀看，讀完滿意再付款即可。」這是日記堂固定的行銷語。

日記堂不問客人的名字和聯絡方式，不要求先付款，連訂金也不留，更不會告知價格。收下日記的客人一定會再次造訪，無論他們是來買下日記還是來退貨，猩子都同樣要求支付相當的金額，然而不可思議的是從來沒有人對此提出異議，甚至還打從心底感謝猩子。

僅管有那麼多顧客真心感謝日記堂，唯一的例外就是買下《猶豫日記》的友哉，畢竟被迫要付一百萬圓買下的也只有他一個。

「請問……」茉莉花小姐有些不知所措地攏攏紅色的短髮。

（啊，對了。）

來到日記堂的客人為了找到合適的日記，通常會訴說發生在自己身上的事。為了替客人挑選合乎其需求的日記，也得仰賴客人的自訴。茉莉花小姐一定也有話想説。友哉望向猩子，她正在接待老紳士。茉莉花小姐來的時間不巧，老先生的話一直講不完。

「我想問這本日記……」

茉莉花小姐正要對友哉訴説什麼，但還沒説完，就被一聲呼喊「鹿野同學！」給打斷了。

「不好意思，請等一下。」

友哉請茉莉花小姐稍待一會，視線轉向聲音的來源。

「啊，是老師和小百合小姐。」

店門大開的日記堂正中間站著一名大臉男子與嫻靜的女子，兩人一同揮手，是任教於大學的丸山老師與他的未婚妻安達小百合。外面的光線照射在兩人身上，使他們的身影看上去好像皮影戲。此時突然颳起一陣風，吹起丸山老師的長髮蓋在身旁的小百合臉上，小百合的帽子則飛到丸山老師臉上。

「哇！」兩人同時怪叫出聲。

「鹿野同學！猩子小姐！」

丸山老師把帽子還給小百合，一邊走進店裡。

「那我就告辭了。」佩戴領繩的老紳士發現自己講了很久，起身準備離開。不知道老紳士是不是認識丸山老師，與他擦身而過時行了個注目禮。

「那麼我也該走了。」友哉耳邊傳來如同蚊子般細小的聲音，眼前的人影也隨之遠去。像是追隨離去的老紳士，茉莉花小姐也離開了日記堂。

「啊，等一下。」

友哉雖然想叫住茉莉花小姐，她卻毫不停下腳步。盯著她的背影，友哉想起剛剛為什麼覺得似曾相識。

（茉莉花小姐的髮型跟秋村小姐——就是丸山老師之前外遇的對象很像。）

友哉小心翼翼地偷瞄那對感情融洽的未婚夫妻，不論是丸山老師和小百合眼中都只有彼此，他因而放下一顆心來，卻也覺得有點無法平靜。此時，身穿制服的警察拿著信樂壺回來了。

「是放在這裡嗎？我放在這裡囉。」

信樂壺和之前一樣，放在友哉恰恰可以靠背的地方。可能是他的心理作用吧，總覺得還有一點味道。

「那我們也差不多該走了。」

身穿制服的警官對還在店裡休息的里自治會會長和社工人員打招呼，他們代替猩子和友哉，為毛蟹引起的騷動收拾善後。

「哎呀，不好意思麻煩您了，警察先生。哎呀，謝謝各位的幫忙。」

猩子誠惶誠恐地送三人到大門外，恭敬地行禮。

「剛剛送走的是警察嗎？店裡發生什麼事了嗎？」

丸山老師和小百合一臉訝異，猩子高聲大笑想矇混過去。

「別管店裡的事了，兩位今天一同前來，有何貴幹呢？」

「我們來送喜帖，畢竟猩子小姐和鹿野同學是我們的邱比特。」

丸山老師的大臉散發光芒，小百合也得意地挺起胸膛。

（該說是他打斷骨頭顛倒勇呢，還是翻臉跟翻書一樣快？）

丸山老師與小百合毫不理會友哉和猩子的竊竊私語，開始討論兩人幸福的未來。友哉心想該關上二樓的窗戶，走向樓梯時，聽到店裡傳來猩子開朗的笑語：「這麼大的喜事，一定要來吃夏天的毛蟹慶祝才行。」

垂掛在門口的玻璃風鈴發出清脆的聲音。

2

傍晚時分，吹向海邊的風越過安達之丘。

一點也不涼的晚風吹拂之際，江藤真美帶著冰淇淋前來日記堂。

最愛抱怨店裡沒有冷氣的友哉，非常歡迎真美帶來的清涼伴手禮。

「但是跟山腳比起來，日記堂就跟魔法國度一樣涼快。」

真美指向櫥窗外的綠意說。

猩子從後門走往中庭，摘來黃綠色的細小新芽。

「用薄荷葉裝飾冰淇淋吧。」

「這是鳳梨薄荷吧，顏色好可愛。」

壓模玻璃器皿中放入一球球香草口味的冰淇淋，兩個女生閒聊的同時，優雅地吃完冰淇淋。友哉陶醉地比較猩子青色和服與真美黃色娃娃裝哪個美，一口一口地將木湯匙舀起的冰淇淋送進嘴巴。

「男生不知為何吃這種點心類的東西總是出奇地慢呢。」

「對呀對呀。」

猩子起身，重新整理書架。真美走到店外，把澆花器的水淋在冰淇淋的保冷乾冰上玩。最後一個吃完的友哉將三人的玻璃碗洗乾淨後走回店裡，從外面悄悄流進的乾冰煙霧掩蓋了猩子的腳踝。

猩子突然慘叫：「不見了！不見了！」

真美和友哉嚇了一跳同時從門外和櫃台衝向猩子。

「什麼東西不見了？」

面對他們的異口同聲，猩子指著被乾冰煙霧籠罩的玻璃櫃。

位於玄關泥地一角的玻璃櫃，放在兩張桌子上，毫無裝飾。桌子底下是死角，友哉總是把鞋子放在桌底下。灶馬蟋蟀有時候會跑到桌子底下，所以穿鞋子前要小心別踩到。

「我放在這裡的一本特別日記不見了。」

「我以為放在這裡的是花車特賣商品。」

在友哉眼中，玻璃櫃裡的日記跟書架上的沒兩樣。

「這你就錯了。」

猩子把手伸到書桌底下摸一摸，一塊板子從桌腳上掉落，而猩子手中多了一個數字鍵盤。真美蹲下撿起那木板，友哉則是窺視著鍵盤上的螢幕。

「這塊板子做得真好，明明只是塊木板，卻能像保鮮盒的蓋子一樣緊貼。」

「那鍵盤也是木頭做的，真講究呢。」友哉跟著真美一齊感動讚嘆，但是又馬上歪著頭提出疑問：「咦？猩子小姐，這個數字鍵盤難道是密碼鎖？」

「嗯，鬼塚先生也負責店裡的保全，他真的很講究，就連這個玻璃櫃都是用大象來踩也不會壞的強化玻璃，而且還真的請非洲象踩過。」

「那還真是講究啊。」

友哉腦海中浮現臉上連一絲笑容也沒有的鬼塚先生。

「可是……」

可是，現在密碼鎖已經遭人破解。

友哉掀起有點重的玻璃蓋，問：「平常無法像這樣打開吧？」

「嗯，大事不妙。」

猩子雙手抱胸，走上木地板，煩躁地踱起步。走了幾步便停下來，換個方向又繼續走。當她轉身，青色的袖子飛揚，宛如大刀掃過。

友哉和一臉困惑的真美對看，視線又回到猩子身上。

「如果是很重要的東西，要不要報警啊？」

「不行，不見的是佐久良肇先生的日記啊。」

「佐久良肇不就是那位怪盜嗎？」

真美瞪大眼睛，友哉與猩子一起點頭。

佐久良肇是「佐久良的甜蜜橘子果醬」社長，同時也是前一陣子引起世間一陣騷動的「怪盜花竊賊」。

「那本日記是怪盜花竊賊的自白，就某方面而言是非常危險。佐久良先生具備成功的企業家應有的高尚品德，卻也因為怪盜花竊賊的身分而享受著悖德的快感，那本日記簡直就像提煉了兩者的濃縮精華。」

「簡言之，讀了日記的人可能會受到佐久良先生的影響而做壞事？」

「對。」

猩子的視線追著身邊飛舞的蚊子，起身點起蚊香。

「雖然我想應該沒有人會那麼單純地就接受別人的思想，不過那畢竟是知名怪盜的自白，是會名留青史的名作，想要的人不管價格多麼昂貴，應該都願意出錢。」猩子皺起臉，嘖了一聲。

真美也同時輕聲低語：「真是可惜了。」

＊

日記堂收到怪盜花竊賊寄來的犯罪預告是八月十日，接近中元節。那天友哉奉命要砍好一星期的柴薪。

（為什麼我得做這些事呢？）

友哉邊抱怨邊砍完柴，回到店裡覺得比平常更熱。

「友哉，你看這個。」

猩子以琉球玻璃做的杯子喝著番茄汁，同時盯著一張攤開的紙。

敝人將於八月十六日二十四時前往貴店，領取貴店所收藏的紀貫之日記。

怪盜花竊賊

友哉念出來之後，哇地大叫一聲。

預告信看起來是以印表機印在影印紙上，還有個水滴掉在信上的水漬，使得「之日記」幾個字都暈開了。

「怪盜花竊賊已經遭到警方逮捕了對吧？」友哉茫然若失、喃喃自語道。

猩子看著他，口中含著吸管一口氣吸乾了冰塊空隙間的番茄汁。友哉看到這幕，腦海中浮現巨大美麗的蛾類用口器吸血的影像。

「是啊，是你出賣了怪盜花竊賊佐久良先生，害他被警察抓走。」

猩子這麼一說，友哉只能嚥下滿腔想反駁的衝動。

「佐久良先生現在在看守所，根本不可能寄預告信來日記堂，所以這個人是模仿犯吧？」

猩子動了動她細緻的鼻子，表示同意此一推理。她把杯子放在木棉碎布做的杯墊上，冰塊發出小小的聲響。

「換句話說，有個單純的讀者受到日記的影響。」

友哉愕然地看向原本擺放佐久良先生日記的玻璃櫃。

「看來，佐久良先生的日記流到麻煩人物手上呢。」

猩子拿出印有圖案的衛生紙，擤了擤鼻子。

「再怎麼有共鳴，一般是不會去模仿的吧。」

猩子抬頭看附和著她的話的友哉，眼神充滿試探。

「八月十六日是中元節連假的最後一天，特別挑在這一天，表示寄預告信的人是因為返鄉而來到這裡？會是中元節放長假的上班族？或是放暑假的學生？」

猩子露出銳利的眼神，看得友哉慌張起來。

「跟我無關，再怎麼說不論學期中還是放暑假我都在這裡打工了……」

說到這裡，友哉突然瞪大眼睛，叫了一聲。

「先不說這些，信上說的紀貫之日記不就是《土佐日記》嗎？還是紀貫之除了《土佐日記》，還寫了其他日記？這件事情還沒有人知道對吧？那本日記在這間店裡嗎？那不是很了不得嗎？咦？猩子小姐姓紀，難不成是紀貫之的後代？」

「啊啊，夠了！吵死人了，一個大男人還這麼多話。」

猩子發起脾氣，友哉卻突然不見人影，她趕緊移動視線尋找友哉。

「友哉，你跑去哪裡？」

猩子看到友哉正要拿起櫃台旁邊的電話，連忙搶走。

「你在幹什麼！」

「我要通知警察，說有小偷要來……」

「不要多事，逮捕犯人是你的工作。」

「我怎麼做得到！」

友哉雖然驚訝地大叫，猩子卻全然不聽。

「佐久良先生的日記直到那天都還在玻璃櫃裡。」

「那天？」

就是友哉的夏季感冒終於痊癒回到日記堂打工的那天，也是因惡臭問題引來警察和里自治會會長來到店裡的那天，同時也是好幾位客人同時接二連三上門來買日記的日子。

「那天的客人是二手書店老闆安西先生、銀行行員南田小姐……然後小百合和未婚夫丸山老師一起來店裡卿卿我我，放完閃光就走了。啊，那兩個人好煩，真是煩死人了。」

友哉驚訝地看著猩子翻閱帳本低語的側面。

「猩子小姐難道知道所有客人的名字嗎？」

「廢話！我怎麼可能隨便就把那麼重要的日記交給陌生人？」

帳本裡從顧客的地址、聯絡方式，就連是否有家人、情婦、不可對人言的祕密和資產狀況全都詳盡調查。裡面也有友哉的紀錄，大學重考三次、無法下定決心向江藤真美告白到從未說出口的祕密都一清二楚。

「妳究竟是何許人物……」友哉感到一陣暈眩。

「先別管這個了，友哉，你從剛剛就一身汗臭味。」

「我砍了一星期份的柴，當然會流汗啊。」

友哉氣得鼓起臉頰，腦海中同時浮現燒柴水的浴室模樣。小時候去鄉下玩，洗澡也是用柴燒的熱水。

（結果我加了太多泡澡劑，就連爺爺奶奶洗完澡也是一身茉莉花香味……）

茉莉花香味。友哉想到這個字，整個人跳了起來。

「我想起來了，那時候還有一位客人在場！」

當時店裡還聞得到水煮毛蟹的腐臭味，一位帶著茉莉花香的客人前來，也就是接著「二手書店的安西先生」和「銀行行員的南田小姐」之後進來的第三位客人。友哉暗自在心中為她取名為「茉莉花小姐」的客人，留下的印象薄弱到友哉只記得茉莉花香。

（呃，我記得她是一頭像秋村小姐那樣的紅色短髮……）

茉莉花小姐穿著近乎茉莉花泡澡劑顏色的夏季針織衫和裙子，神色黯淡地將日記交給友哉。

「我想讀讀這本日記。」

「請您先讀讀看，讀完滿意再付款即可。」

友哉模仿平時猩子小姐的銷售語，對茉莉花小姐這麼說。

從五月來到日記堂起，友哉便一直負責一些需花力氣的勞動和打雜，完全不知道接待客人的要領，他以為猩子是在毫不了解客人的姓名與來歷之下，便拿出日記交給對方，也不事先收錢。

「嗯哼，所以說友哉你還真大方，即使是不認識的人，也能隨便就依著人家的要求把日記交出去。」

「她是茉莉花小姐。」友哉像是辯解似地，說出自己為她取的綽號。猩子聽了，皮笑肉不笑。

「茉莉花小姐拿走的應該是橘色封面的日記。」

「那正是佐久良先生的小偷日記。」

「她擅自解開密碼鎖的確不對，但是好歹也拿到櫃台來跟我說她要那本，所以不算小偷……」

猩子的微笑比剛剛更令人感到有壓力。

「友哉，請你負責去把那個什麼茉莉花小姐給我抓來囉。」

猩子又把番茄汁倒進杯子裡，一口氣喝完之後伸出小小的舌頭舔舔嘴唇。

3

（佐久良先生在藝廊十三夜館遭到逮捕時，真正的犯人逃掉了。）

警方逮捕怪盜花竊賊佐久良肇之時，友哉的四周曾出現茉莉花的香氣。

友哉因為想起這件事，動了動鼻子聞，身邊的江藤真美拿出一包面紙給他。

「鹿野同學得了夏季感冒嗎？」

「不是。」

友哉確認身邊沒有茉莉花的香味後，一臉認真地看著真美，問她：「妳

真的要一起來嗎？我是要去抓小偷，很危險喔。」

「鹿野同學不是要負責找出小偷來嗎？」

「我不能為了猩子小姐的命令而連累妳，她的要求往往不講道理、貪得無饜、不替人著想、亂來又唐突……」

「我不在乎。」

真美語氣強硬地打斷友哉沒完沒了的抱怨。

「我要是不做到這個地步，根本無法介入你和猩子小姐。」

真美拉著友哉T袖的下襬，早友哉一步往前進。

友哉像是被雷劈到，全身僵硬地跟在真美身後。

「衣服會被拉鬆。」

如同喝下薄荷茶時有股刺痛在氣管中上下來回，儘管友哉不到一秒便發現這就是所謂的幸福感，但也覺得那與揪心的不安十分相似。

真美手往後伸，拉著友哉的衣服下襬前進。正當友哉以為她要鬆手之際，她卻看也不看便找上友哉的手，小手就這麼直接緊緊握住友哉。

友哉在心中吶喊：「就算現在要我死也可以！」然而他並沒有死，只是T袖下襬有一處像尾巴似地垂著。

＊

友哉和真美拜訪派出所、里自治會會長和社工人員之後，前去造訪那天的第一位客人。

安西先生是位年長的紳士，在友哉他們大學附近經營舊書店。他坐在老舊的旋轉椅上抬頭看友哉，接著用饒富興味的眼望向真美。

「妳男朋友是文學部的學生對吧？還找到日記堂這麼有趣的地方打工。不過來我們這裡打工也會很有趣喔。」

安西先生的興趣是坐在店裡觀察附近街道上的情況。他的觀察非常敏銳，就連監視攝影機都不如他。

「鹿野同學是個好人，平均每個星期都會被問路一次，我記得你還曾經幫迷路的小孩聯絡家人。」

「好可怕！」

該說是做這些事被看到很可怕，還是覺得自己濫好人的程度很可怕呢？友哉歪著頭喃喃低語。

安西先生望著友哉，微笑地繼續說：「先不管這個，猩子小姐店裡總是能買到有趣的日記。」

他從抽屜裡拿出一疊學生用的筆記，每一本封面都標上《天鵝觀察日記》的標題，就連作者的名字都寫得一清二楚。

「那天我買的是這批日記。」

內容是作者觀察自家附近溼地飛來的天鵝所寫下的紀錄，最早的一篇時間可追溯至第二次世界大戰結束翌年，日記僅寫作於天鵝來臨的冬季，單調地記錄飛來的數量與餵食的飼料分量，最後結束在禽流感流行，作者遭人勸誡不要餵食野鳥那一年。

「寫這本日記的人是我小時候的朋友，我為了躲避戰爭轉到鄉下小學時認識的。他很愛欺負人，我一開始也常常被他欺負，然而一到冬天我們卻會一起去看天鵝。」

「安西啊，天鵝煮成火鍋應該很好吃。」

當年那個老是說天鵝很好吃的壞孩子居然一輩子都在餵天鵝，最後在中斷餵食的那一年因長年的疾病惡化而過世。

「我猜他一定是氣死的。」

「氣死？因為不能餵天鵝而氣死的嗎？」

友哉驚訝地發問，站在他身後的真美則低聲呢喃：「我好像可以了解他的心情。」

「那傢伙很任性，從來不聽別人的話，但卻是個很溫柔的人。我真的很謝謝日記堂把這批日記賣給我。」安西先生撫摸著筆記本被摺到的邊角說道。

「請轉告猩子小姐，我最近會去付款。」

「我知道了，謝謝您。」友哉恭敬地鞠躬之後，深呼吸一口氣。「另外有件事情……」友哉尷尬地提起今天拜訪的目的，中間還夾雜了一部分編造的故事，實在很難說明。

「您前來購買日記的那天，有位客人把東西忘在店裡。我想把失物交還給失主，卻不知道該跟誰聯絡，所以想請問您是否記得任何關於當天在場其他人的事情呢？」

「若要跟客人聯絡，猩子小姐應該登記了所有顧客的聯絡方式才是啊。」

安西先生不愧是常客，連帳本的事都知道。

「其實是我沒登記到。」

友哉老實地低下頭，安西先生同情地嘆了口氣。

「真可憐，但是我真的不記得了。」

「我想那個人當時應該在看玻璃櫃裡的日記。」

真美一開口，安西先生的雙眼流露不可置信的眼神。

「玻璃櫃裡不是特別的日記嗎？」

「呃，嗯、嗯啊。」友哉苦惱地抓抓頭。

安西先生像是察覺了什麼似地站起身，伸出雙手，拍拍友哉和真美的肩膀，不知道是從他的髮膠還是那頭白髮，傳來些許茉莉花的香氣。

＊

第二位客人是在銀行的站前分店工作的女行員。今天明明不是發薪日，銀行卻擠滿了人。

「我可以先去領個錢嗎？」真美望向大排長龍的自動提款機，客套地說。

「好啊。」友哉點頭之後環視銀行，馬上就找到南田小姐，但她正處於最忙碌的前線。坐在窗口的所有行員儘管都客客氣氣的，卻隱隱散發著一種「誰敢過來就殺誰」的氣勢。

友哉不知該如何開口，只好領取號碼牌，坐在長椅上等。

顯示等待人數的電子看板上數字一直沒變少，於是友哉翻開剛剛在舊書店買來的書。過了一會，真美從自動提款機區走來，坐在友哉身邊看起銀行裡擺放的雜誌。

「來賓九十五號請到四號櫃台。」

友哉不知不覺沉迷於書中，瞄了一眼夾在手指間的感熱紙號碼牌。

（啊，輪到我了。）

幸運的是四號櫃台裡的正是南田小姐。友哉一接近櫃台，南田小姐便殷勤起身，親切招呼：「歡迎光臨。」南田小姐的職業笑容氣勢逼人，友哉說不出話來，現下的狀況完全不適合提出他想好的問題。

「我是日記堂的店員。」

「嗯？」

「您造訪本店那天，有客人把東西忘在日記堂裡，我想把失物交還，卻不知道對方的聯絡方式，所以想請問您是否記得任何關於當天在場其他人的事情呢？」

南田小姐完美的笑容出現了些許的破綻，「不好意思，」她從微張的嘴角吸入一口氣，輕聲說：「我不記得吔。」

「您至少應該記得一些當天的情況吧？」

「呃，」南田小姐清了一下喉嚨接著說：「可以請你不要為了私事來銀行找我嗎？都過了幾天才又跑來銀行問我這種事情，感覺很糟。」

南田小姐繼續維持著她的職業笑容，將聲音壓低到其他人聽不見：「不要再來了。」

友哉睜著和大白熊犬小不點一樣無辜的眼，逃也似地離開銀行。

＊

真美打電話給丸山老師，發現他在未婚妻家。

「肚子餓了。」

友哉和真美在巷子裡的鯛魚燒店買了黑豆鯛魚燒，邊走邊吃。友哉從頭吃起，吃到背鰭時噎到。

「這附近都沒有自動販賣機呢。」

友哉依照地圖前進，走進復古的街道景色當中。每棟房子都幅員廣闊，渺無人息，遠處傳來微弱的小學鐘聲，反而更加襯托出住宅區的寂靜。

「以前奶奶曾罵我說女孩子邊走邊吃很難看。」真美邊咀嚼鯛魚燒的下半身邊說。

「而且鯛魚燒一直卡在喉嚨裡。」

友哉好不容易把剩下的鯛魚燒吞下肚時，剛好看到安達家的房子。安達家比其他住宅更大、更古老，就像高中校外教學時去過的武士宅邸，散發出一種威嚴感。兩人正懾於宅邸的氣勢之時，女傭土田老太太打開小門，對他們招手。

「讓你們久等了，請跟我來。」

客氣又體貼的老傭人如帶著大白熊犬去散步般的方式引導客人，時時回頭又快速前進，帶領友哉他們來到一棟華麗的洋房。

丸山老師在陽臺上悠哉地撥打手機。「你們動作太慢，我正想打電話給你們。」

丸山老師的臉太大，顯得手機很小。他的未婚妻小百合正在閱讀給新嫁娘看的雜誌，腳邊是熟悉的大白熊犬在睡午覺。

「不好意思，打擾兩位獨處的時間。」

「為師的真高興聽到你們學會說這些體己的客套話。」

丸山老師高傲地誇獎兩人，邀請他們入座。

友哉與真美一起坐在鋪了薄坐墊的長椅上。真美開心地喝下招待的檸檬水。友哉的玻璃杯舉到一半，突然停下來盯著丸山老師看。

「鹿野同學怎麼了，我臉上沾了什麼嗎？嗯？」

「老師之前對小百合小姐家明明有諸多不滿，今天看來卻很高興。」

友哉對丸山老師咬耳朵，老師以襯衫的下襬擦手機，低聲回應：「多虧了你們，光是明白誰是最重要的人便足以讓我成長。我下定決心只要是為了重要的人，再多的苦難我都會忍受。」

所謂再多的苦難指的是未來岳家無孔不入的干涉。

「鹿野同學也放鬆一下吧。」丸山老師以眼睛示意未來的岳父為他們蓋的這棟房子，滿意地打了個哈欠。

友哉不知為何心情一陣混亂，於是換個話題：「我想請教兩位那天去日記堂時的情況。」

「我們那天是去還之前買的日記。」丸山老師和小百合四目相交，微微一笑。兩人拿來還的是之前丸山老師外遇對象所寫的日記。

「因為那天有客人把東西忘在日記堂，我想把失物還給失主，卻不知道該聯絡誰，不知道兩位是否記得當時在店裡的其他客人？」

友哉說出事先準備好的說詞，然而他們的回答卻毫無幫助。

「那時候店裡有別人嗎？」

「沒有啊，我想沒有別人。」

「是啊，除了我和小百合以外沒別人了。」

對於來送喜帖的兩人而言，沒有任何人可以進到他們的眼中。

「怎麼辦呢？」真美擔心地望著友哉。

「嗯，這下頭大了……」

小偷利用友哉的疏忽而侵入日記堂，有可能是那個畏畏縮縮的茉莉花小姐趁隙偷走了東西。如果出現了模仿犯，佐久良肇先生該有多傷心呢？友哉愈想心情愈沉重。

「你好像有心事呢，如果你願意的話，可以說出來讓我們聽聽。」

丸山老師意味深長地瞇起皺摺明顯的雙眼皮，友哉慌張地回應：

「沒、沒什麼，是日記堂的一些事。」

「你真見外，其他人不說，我怎麼能看著你煩惱而不管呢？」

「請別管我，就當作我是玉不琢，不成器吧。」見到丸山老師的大臉逼近，友哉脫口而出一句不恰當的成語。

小百合看友哉一臉困惑，提議道：「沮喪時去令尊開的咖啡攤正好，大家都說喝了萵苣咖啡攤的茶可以療癒心情。」

「好啊，真是個好主意，不愧是小百合。」

他們一行四人搭著小百合駕駛的金色金龜車前往公園。友哉和真美一同坐在狹窄的後座，看到彼此窘迫的模樣都不禁笑了出來。

小百合像是忘記兩人的存在，不停談論三輪貨車。丸山老師時而微笑時而露出訝異表情，專心地傾聽著。

「蒿苣咖啡攤是馬自達 K360 改裝的嗎？那孩子的引擎蓋上是斜體字的商標，很可愛喔。」

「小百合對所有古董車，都說是『這孩子』、『那孩子』。」丸山老師轉頭望向友哉坐著的後座，一副幸福的口吻說明。

「我爸也是一樣，啊，咖啡攤就在這附近。」

蒿苣咖啡攤在暑假期間會停在一旁有草皮的堤防上。

友哉的父親和小百合因為共通的興趣——車子，一拍即合，聊了起來。只好由友哉、丸山老師和真美幫忙顧攤。

「你們看，這看起來很好吃吧。」

「是啊，看起來很美味呢。」友哉把蜂蜜淋在丸山老師削好的冰塊上，衷心回答。

進入八月，蒿苣咖啡攤的人氣商品是蜂蜜紅豆剉冰。剉冰裝在便宜的古董壓模玻璃器皿，更增添夏日風情。友哉和真美本來想點花草茶，看到自己做的剉冰，又覺得剉冰看起來比較有吸引力。

「謝謝惠顧。」

小小的櫃台遞出兩盤挫冰。伸出手來要接過剉冰的女子年約二十五歲，身著黃綠色的針織衫，搭配相同材質的裙子。

友哉心想：「我見過這個人。」

「啊！啊！」友哉突然發出不成話的叫聲，揮動雙手。

剉冰差點要打翻，好在黃綠衣女子及時接了過去，臉上掛著不知是該生氣還是驚訝的困惑表情。然而仔細看看眼前女子臉上深刻而立體的五官，友哉的聲音愈來愈小。

「怎麼了嗎？」穿著黃綠色針織衫的女子捏起掉落的紅豆送進嘴裡，歪著頭詢問。

她的衣著打扮和印象中的茉莉花小姐完全相同，但是長相不一樣，仔細一看，髮色也不一樣。

「對不起，失禮了！」

友哉深深地一鞠躬，遞上擦手的溼毛巾和兩塊鬆餅。

「我認錯人了，這鬆餅算是我的賠禮。」

身穿黃綠色針織衫的女子寬容地笑了笑，高興地說：「啊，賺到了，這樣反而是我不好意思。」

背影和茉莉花小姐幾乎一模一樣的女子跑向草地，一名與她一同前來的男子拿起贈送的鬆餅，朝友哉點頭示意。

真美踮著腳尖，一路蹭過來。

「鹿野同學，難不成那個人就是茉莉花小姐嗎？」

「很像，但不是。」

友哉嚥下失望時，坐在三輪貨車裡的父親呼喚真美。

「真美，你可以幫我把飲料端去給客人嗎？」

友哉父親的手指向長椅的方向，常來的那對老夫妻一如往常和睦地坐在長椅上。真美羨慕地望著老夫妻，又回頭對友哉一笑。

「好的，鹿野爸爸。」

真美把印有店名「蒿苣」的馬克杯放在托盤上，像個正式的店員般熟練地端走蒲公英咖啡。友哉望著真美的背影，被迷得神魂顛倒；被叫「爸爸」的友哉父親也是一樣心花怒放。

丸山老師以手肘頂了頂友哉的腹部，破壞友哉的好心情。「友哉同學，剛剛被你矇混過去，快告訴我日記堂究竟發生了什麼事。」老師美麗的眼睛散發出銳利的目光。

友哉猶豫了一會兒之後，下定決心似地認真說道：「呃，您知道紀貫之除了《土佐日記》之外，還有別本日記嗎？」

友哉隱瞞日記堂收到怪盜預告信一事，只說了一些會引起紀貫之迷興趣的事情。一如所料，丸山老師的興趣從日記堂轉移到紀貫之身上。

「《竹取物語》是紀貫之的作品，我認為將之視為日記也沒錯——之前我也對你說過一樣的話吧。」

「啊，您之前的確說過。」

也就是說日記堂有《竹取物語》的原書嗎？如果是真的話，的確很值錢。

「不過裡面寫的都是荒唐無稽的故事對吧？從竹子裡誕生的女孩轉眼間長大成人，留下長生不老的藥後回到月亮去，這種故事怎麼可能是日記呢？怎麼想都不可能。」

不僅是友哉，任誰都可能說出這番反駁，丸山老師聽了之後，只是冷冷地笑了一聲。

4

八月十五日是假怪盜花竊賊預告要來偷東西的前一天。從安達之丘山腳一路延伸到山頂的飛坡上，擠滿友哉前所未見的人潮。

人們把燈籠掛在樹枝上，沿路架起支架組起帳棚，陸續搬來瓦斯桶、鐵板和擺放射擊遊戲獎品的架子，擺起攤位。

「這是要舉辦廟會還是夜晚的祭典嗎？」

友哉和平常一樣，把球鞋藏在玻璃櫃下方，朝店裡的陰暗處一拜。

「坡道上方有神社或是寺廟嗎？」

友哉爬上安達之丘的第一天便在樹林中迷路，吃足苦頭，之後他也沒有走向比日記堂更上去的地方。

「上面沒有神社也沒有寺廟喔。」

猩子原本正在插從樹林中摘來的胡枝子，聽到友哉的疑問，停止動作回頭答道。

「大家每年都會在店門口的廣場跳盂蘭盆舞，還滿好玩的。」

「哦，是什麼時候？」

「是祖先回到陰間的日子，所以是八月十六日。（譯註：日本人相信祖先會在中元節期間重返陽間，通常是八月十三日來到陽間，八月十六日回到陰間）。」

「那不正是假怪盜花竊賊要來店裡偷東西那天嗎？」

「啊，對喔。」

猩子手上的剪刀發出尖銳的咔嚓聲，花朵的莖應聲而斷。

「友哉，你中元節不休息嗎？」

「現在哪是休息的時候，明天晚上假怪盜花竊賊就要來了。」

友哉要揪出假怪盜花竊賊一事正陷入瓶頸。儘管如此，猩子仍不願報警，命令外行的友哉揪出犯人，而她則過著和平常一樣的生活。

「難不成小偷要混在盂蘭盆舞的人潮當中進來嗎？」

友哉從玻璃櫃下拿出球鞋，走到外面瞧瞧。他在大熱天裡眺望坡道四周，又回到店裡。

「怎樣？有沒有什麼奇怪的人？」

猩子問，口氣聽起來一點也不期待的樣子。她滿足地觀賞著剛插好的花，拿去擺在隔壁房間壁龕旁邊的架子上。每當她一移動，深藍色浴衣上的白色蜘蛛網圖案便隨之搖晃，看了直教人覺得可怕。

「這件浴衣的圖案真噁心。」

友哉毫不客氣地批評，猩子轉頭回應：「你真沒禮貌，這可是傳統的和服圖案，象徵著抓住了就逃不掉，可是有品味的人才懂得穿的圖案。」

「抓住了就逃不掉啊。」

猩子也許就是如此。友哉的確被她抓住之後就再也逃不掉，莫名感動的他反覆念著猩子說的話。但是現在不是悠哉討論浴衣圖案的時候，明天就是小偷預告要偷來東西的日子了。

「猩子小姐，真的什麼也不做沒關係嗎？」

「嗯哼。」

猩子小姐輕輕地打了個哈欠，坐在櫃台裡托腮，打起瞌睡來。

＊

第二天下午，夜市攤販從山腳下一路擺到日記堂前的廣場。猩子早早關門跑去逛夜市，攤販送她黑輪和巧克力香蕉，逗得她非常高興。看起來像是來幫忙擺攤的小學生正在練習盂蘭盆舞。猩子舉起袖子，示範給小學生看，手上的巧克力香蕉差點掉到地上，小學生和猩子在千鈞一髮之際接住巧克力香蕉，一同笑了出聲。

（猩子小姐滿腦子都是盂蘭盆舞，明明今天就是小偷預告要來偷東西的日子。）

不知該如何是好的友哉，只能在日記堂裡來回踱步。

也許是想避開飛坡上的吵鬧祭典，日記堂從昨天起就沒有半個客人造訪。不過這也是沒辦法的事，畢竟店門口的廣場搭起了高台，掛上燈籠，熱鬧非凡，況且連店主猩子自己都放下店務跑去幫忙攤販。她雖然是想幫忙，卻弄倒好不容易堆好的商品，不然就是撞壞高台的支架，淨是幫倒忙。

（猩子小姐一定覺得假怪盜花竊賊的預告是惡作劇。）

友哉心想如果世上真的有紀貫之的日記，怎麼可能會在這種地方呢？他從碗櫃拿出自己的馬克杯，倒入麥茶，傾聽窗外和平的嘈雜。

喝下有點變溫的麥茶，這一陣子持續的緊張情緒好像也隨之紓解。就在此時，有個奇妙的東西穿過沒有客人的店門口。

（蜘蛛？）

說是蜘蛛又太大，而且也太紅。

比手掌大的大紅色甲殼類輕巧地站立，橫向移動。

（毛蟹？上個月去小餐館不知火買來的那個夏季北海道毛蟹嗎？）

友哉緊盯著眼前四處走動的「活生生的」燙毛蟹——對，愈看愈確定那是燙熟的毛蟹。

友哉把猩子給他的毛蟹隨手一丟，害得日記堂遭人懷疑埋藏屍體。眼前的毛蟹是猩子另外放在盤子上的那隻嗎？為什麼這隻毛蟹不會腐爛呢？是因為放進冰箱冷藏嗎？還是牠是別隻毛蟹呢？

（不不不，這些都不是重點，重點是燙熟的毛蟹為什麼還活著。）

猩子踩著草履鞋，從攤販回到日記堂，站在友哉背後。

「唉呀，原來你在這裡。」

猩子蹲在四處走動的毛蟹面前，扭開她雪白手中小瓶子的蓋子。瓶子裡裝的是粉末，顏色如日暮時分的海洋，是登天先生送她的禮物。

「猩子小姐？」友哉突然覺得自己好像在作夢，恍惚地呼喚猩子的名字。

猩子頭也不抬，把放在手心的一撮粉撒在毛蟹身上。

耳邊傳來剝螃蟹殼時發出的「咔咔」聲。剝開時帶些湯汁的聲音如果是在餐桌上聽到，會反射性地認為「一定很好吃」，現在卻覺得有些噁心。顏色如夕陽的貝殼粉末撒在毛蟹身上，「活生生」的熟螃蟹便倒地不起，恢復成原本的熟毛蟹——也就是突然死了。友哉瞬間後退，撞倒裝著麥茶的杯子。他發現自己似乎看到了不太妙的事情，心臟激烈跳動。

（那瓶子裡裝的是毒藥？這是猩子小姐的必殺技嗎？）

想到這裡，猩子的臉轉向友哉，眼睛瞇成彎月狀，對友哉微笑。

「友哉，你要不要吃毛蟹？」

「不、不用了。」友哉拚命搖頭。

*

雖然回到家，友哉卻怎樣也無法冷靜下來。

看向窗外，俯視鎮上各處冒出縷縷黑煙，那是送祖先回陰間的篝火。電視上播的怪談特集映射在黑色玻璃窗上，形成左右相反的影像。友哉面無表情地盯著窗戶，又望向電視，打了一個大噴嚏之後關上電視。套上平常穿的球鞋，走向門外，像個機器人般走下樓梯，走到一樓時，眼睛終於有了光芒。

（雖然不知道那究竟是怎麼回事。）

他跨上從日記堂借來的老舊腳踏車，急忙騎上剛剛回家的道路。

（我沒辦法假裝什麼都沒發生。）

夏至過了將近兩個月，太陽早早就下山。家家戶戶打開的窗戶，傳來轉播職棒的聲音。

（好吔，兩人出局。）

友哉聽到歡呼聲，忍不住從黑輪店打開的窗戶窺視電視螢幕。雖然他在心中一起拍手，卻搞不清楚是哪一邊出局，也不知道是哪兩隊的比賽而歪頭思索。

（我好像有點怪怪的。）

每個十字路口都遇到紅燈，令人心煩。騎到安達平原新市鎮的入口，又被小餐館不知火的老闆娘叫住。

「日記堂的打工小哥，夏季的毛蟹很棒吧？有機會請再來品嘗。」

「不好意思，我有事先走一步！」

友哉將熱情招呼的老闆娘丟在後方，快速騎過中元節期間的住宅區。但是整趟路程簡直像在夢裡趕路一樣，不論再怎麼奮力地踩踏板都無法如預期的速度前進，宛如處於超現實現象當中——儘管友哉覺得好像有人在阻止自己前進，然而事實卻只是因為這台腳踏車已很老舊。

最後眼前終於出現三角形的安達之丘時，背景已經轉換為夜晚的星空。友哉才剛停下腳踏車，馬上就有人拍了一下他的背，嚇得他差點叫出來。

「鹿野同學，你遲到了！」

友哉回頭一看，發現真美一臉可怕的表情站在他身後。她的浴衣是深藍底色印有銀蓮花圖案，非常適合她，看起來很可愛。但是真美為什麼會出現在這裡呢——友哉不知該如何開口，只是手足無措地站在原地。

「你看到我傳給你說要一起去逛祭典的簡訊了吧？」

真美手指向友哉牛仔褲上總是用來放手機的那個口袋，友哉拿出手機一看，畫面上果然出現有簡訊的圖示。

「不好意思，我沒發現。」

「今天晚上，假怪盜花竊賊要來日記堂對吧。」

緊接著簡訊的事情之後，真美一臉嚴肅地說。

（原來如此。）

看來一起參加祭典只是藉口，如果友哉不來的話，真美打算一個人爬上飛坡前往日記堂。問題是要與怪盜面對面，再加上下午看到猩子拿出的毒藥，友哉覺得不應該將真美牽連進來。

「真美，妳的好意我心領了，我想……」

友哉想說「妳還是先回家吧」，但真美早已輕快地踩著木屐，爬上飛坡。

「真美，等我。」

攤販和帳篷一路擺到飛坡的入口，三三兩兩的客人什麼也沒買，只是閒晃。真美身穿銀蓮花圖案浴衣的背影混入人群之中，在友哉的視野裡忽隱忽現。約莫幼稚園生的小小孩手上拿著棉花糖，黏到友哉T衄的下襬。友哉又是道歉又說要賠償他的同時，真美的身影已消失不見，友哉急忙四處張望，突然一陣茉莉花香從面前通過。

（出現了？）

友哉皺起鼻子，追逐香氣，結果茉莉花香消失在烤魷魚的煙霧中。

「年輕人，不要站在道路正中央。」金髮阿伯身穿背後印了「祭」字的日式短上衣，推開友哉的肩膀。

「對不起。」

明明是常常走過的飛坡，今天卻只有自己格格不入，友哉湧起一股奇妙的心情。

（真美是因為擔心日記堂而來。）

友哉心想走到日記堂就能追上真美，於是加快腳步。但是愈往上爬愈是擁擠，無法如預期前進。擠在人群之中，突然覺得有人正盯著自己，朝視線射來之處轉頭過去，只見一個塑膠做的卡通人物面具在攤子的架子上綁著一張笑臉。

「盂蘭盆舞執行委員會的成員，請盡速前往盂蘭盆舞廣場集合。」擴音器傳來模糊的聲音。

友哉好不容易走到飛坡中央的廣場，發現眾人正在準備盂蘭盆舞，熱鬧程度不輸給坡道上的攤販。相較之下，連盞燈也沒開的日記堂看起來像間廢墟，店門雖然上了鎖，往裡面走便發現窗板和後門都門戶大開。

（明知道有小偷要來偷東西，未免也太不小心了。）

難道猩子出事了嗎？是猩子想要攻擊小偷，反而遭到回擊？友哉腦海中浮現許多可怕的想像之際，突然看見有名身穿黃綠色針織衫的女子穿越廣場。

（茉莉花小姐！）

茉莉花小姐頂著短髮的頭微微朝下，穿過廣場，走上飛坡。那是鬼塚先生搬運賣剩的日記所前往的方向。

盂蘭盆舞執行委員正在日記堂前的廣場準備，似乎出了點問題，一群男子憤怒爭吵，一位抱著古老留聲機的中年婦女大罵「讓開、讓開」，邊穿過他們。

友哉追逐茉莉花小姐的背影，穿越喧鬧的廣場。

（前方一片黑暗。）

廣場的狹窄盡頭是一條小路，夾在雜樹林之間，友哉停下腳步。

茉莉花小姐似乎準備了手電筒，光線配合她的腳步，如幽魂般搖搖晃晃地遠離了。

友哉想起他第一次來到安達之丘迷路的那天，是五月的傍晚，無論怎麼走總是回到鳶尾花綻放的池邊，如果沒遇到猩子，真不知道要迷路到什麼時候。正因為那次吃足了苦頭，友哉從未想過要去走通過日記堂之後再往上的坡道。至於現在，一路延伸到前方的是張開黑色開口的幽暗小徑。

（好可怕。）

友哉下意識深吸一口氣，吞了一口口水，喉頭上下動了一下。他緩緩伸出手，突然摸到一根細長的棒子。小田原燈籠？記得這玩意兒是叫做小田原燈籠沒錯。小田原燈籠是上面有一根棒子的細長圓筒形燈籠，友哉摸到的是提把的部分。

「咦？」

友哉回頭一看，發現膝蓋高度的地方，有個戴塑膠面具的人抬頭看自己。

「你是誰？」

原本背後照亮盂蘭盆舞的燈光，瞬間遭到搬夾板的人群遮蔽。唯一的光源僅剩友哉手上的小田原燈籠，微微照亮他腳邊的那名人物，他只看見表情戲謔的面具、青色浴衣的下襬和綁成一束的長髮。

「猩子小姐？」

友哉低喃道，背後傳來草叢搖晃的聲音，他突然轉頭一看，眼前卻只有深綠色的黑暗。

搬運夾板的一行人通過之後，友哉站的位置又再度出現光明。然而當他的視線回到剛剛的位置時，將小田原燈籠交至他手中的人已經不見身影，取而代之的是背後傳來的另一種慌張的氣息。

「鹿野同學、鹿野同學。」

呼喚友哉的是丸山老師，他手上的手電筒比廣場的所有提燈都還亮。

「這是最新的LED手電筒喔，很厲害吧。」

丸山老師孩子氣地說明之後，看著友哉手上的小田原燈籠。

「鹿野同學，把那古老的燈籠吹熄吧，要是失火就糟了。」

「是。」

友哉把謎樣人物拿給他的燈籠摺起來，吹熄裡面的蠟燭。朦朧的光線消失之後，彷彿連拿給他的人都是一場夢。

（那人感覺跟猩子好像。）

抬頭仰望友哉的那個人臉上雖然戴著塑膠面具，卻深深烙印在友哉的腦海中。現在想起來，明明是大熱天，友哉的背上竟直冒冷汗。

「老師為什麼會來這裡？」

「現在可是我人生志業的關鍵時刻。」

丸山老師只以眼神示意，比向與廣場相反方向的黑暗上坡路。儘管聽不懂他的意思，但感覺似乎是打算朝茉莉花小姐走去的方向前進。

「鹿野同學想跟我一起去的話，我是不會拒絕的喔。」

丸山老師臉色有些鐵青地推著友哉的背。友哉雖然不明白人生志業的關鍵是什麼，不過倒是知道丸山老師希望自己同行。友哉看看幽暗的小徑又看看丸山老師的手電筒。

「那麼我們一起走吧。」

友哉比了個手勢請拿著手電筒的丸山老師先走。跟隨老師前進時，他又學古裝人物把小田原燈籠插在牛仔褲的皮帶上前進。

「對了，你不是跟江藤同學在約會嗎？」

「老師看到真美了嗎？」

「我看到她在射靶喔。」

丸山老師把自豪的手電筒交給友哉，催促友哉前進。

（這樣我就放心了。）

友哉因真美意外的舉止而感到安心，一句抱怨也沒說，站在黑暗的入口處。坡道比廣場下方的路還要狹窄，安靜到好像連腳步聲都會被吸走。

「嘿嘿嘿喲，喲喲，猴子抬轎子，嘿喲。」

友哉不禁唱起童謠，偏偏卻只記得這一段，只好不停反覆唱同一段歌詞。

「嘿嘿嘿喲，喲喲，猴子抬轎子，嘿喲。」

「鹿野同學，快前進啦，拖拖拉拉的很煩吔。」

「我往前進啦。」

「我是說歌。」

「我忘了接下來的歌詞。」

友哉閉上嘴後，異樣的沉默再次籠罩兩人。為什麼聽不見腳步聲呢？友哉照亮腳邊，後方的丸山老師又開口：「據信最古老的富士塚是在江戶時代，由高田藤四郎所建造。」丸山老師大概也很在意寂靜的黑暗吧？提高了他的聲調。

為了避免走在前面的茉莉花小姐發現，友哉壓低聲音：「富士塚就是喜歡富士山但是無法去爬富士山的人所做的迷你假富士山對吧？」

「你這個人講話真是一點情趣也沒有。」

丸山老師恢復成正常的聲音。

「聽説織田信長也喜歡富士山，富士山的信仰可追溯至戰國時代之前。據説安達之丘正是最古老的富士塚，傳説是座人工山，也有人説是把丘陵改造成富士山的形狀。每一種説法都很古老，約莫出現於應天門之變時。」

「應天門之變！那是平安時代的事了吧？」

應天門之變指的是皇城——也就是以宮城為中心的官廳地區所發生的縱火事件。

「安達之丘這座富士塚是由當時的地方長官建造。根據傳説，那建造者正是紀貫之。」

「老師你真的很喜歡紀貫之吔，紀貫之就是那個宣稱只要能駕御言靈，什麼都辦得到的歐吉桑嗎？」

「你又講這麼沒情趣的話。既然是念文學的，就不能説得文雅一點嗎？」

友哉回想起上個月期末考的答案説紀貫之因為應天門之變而失勢，再也無法待在中央往上爬，只能轉輾各地擔任地方官。

「鹿野同學，你看。」

丸山老師在友哉背後開口，把友哉拿著手電筒的手轉個方向，將光源指向古老的佛堂。

「這裡是安達之丘的頂端喔，鹿野同學，然後啊……」

友哉不必轉頭也知道丸山老師正看著佛堂。

友哉差點鬆手，趕緊握好手電筒。

（我知道這裡，雖然以前沒來過。）

在友哉的住處發生怪盜花竊賊入侵事件的前一晚，友哉即夢見安達之丘頂端的景色。登天先生燒著日記，順便烤馬鈴薯，離登天先生不遠處就矗立著這座佛堂。

友哉戰戰兢兢地看著手電筒的細長光線照亮和夢裡一樣陰森的木格窗戶。夢裡的風景實際存在，已經夠讓友哉驚訝，但是就連夢裡令人害怕的木格窗戶居然也跟夢中一樣半開著，更是令他訝異得無法動彈。

「鹿野同學好了嗎？我們要走囉！」

丸山老師一直推友哉的背。

「這就是我的人生志業，我要解開從學生時代起便不斷追查的謎題。」

丸山老師熱情地說明這謎題有多麼重大，程度可媲美發現邪馬台國（編按：據傳是西元2～3世紀左右存在於日本列島的王國，其所在位置至今尚未有確切的定論。），或是證明織田信長其實是名女子。然而在友哉耳中，卻都化成空虛的聲響，他的眼睛還是緊盯著半開的木格窗戶。

（茉莉花小姐，一個人走進佛堂了。）

茉莉花小姐來到日記堂時，躲在其他顧客後面，畏畏縮縮。不知是對假怪盜花竊賊的敵意還是同情，友哉嚥下湧上喉頭的鼓動，毅然決然地朝佛堂跨出腳步。

友哉突然動起來，使得丸山老師整個人往前傾差點跌倒，忍不住抱怨了起來。然而不知憤慨是否反而成為一種力量，丸山老師聲音中的猶豫變淡了。

「鹿野同學小心點，前面有階梯。」

「是。」

佛堂的占地面積不到一坪，走到四分之一處即是朝下的樓梯。厚重木板包覆的階梯其實是堅硬的石頭打造。

「這個樓梯也是平安時代建造的嗎？雖然古老，尺寸卻很精確，或者該說是很現代。」

「我又不是萬事通，對建築並不瞭解。」

丸山老師又推了友哉的背一把，友哉嘴上抱怨著好危險啊，腳下繼續往前邁進。每十階便有一個平台，轉九十度之後繼續往下走。不知道走了多久，階梯開始變成平緩的坡道。

「簡直就像個巨大的螞蟻窩。」

友哉回想起小學時訂購的學習雜誌，記得是某次的夏季號附贈了一組養螞蟻的組合。

（記得當時俯視著螞蟻的世界時，感覺自己好像全能的神，很有趣。可是那套組合，不，應該說是那些螞蟻，後來怎麼了呢？）

友哉的腦海中雖然浮現裝滿白沙的塑膠容器和螞蟻在裡面築巢，卻想不起來觀察膩了之後究竟如何處理。罪惡感緩緩湧上心頭的同時，突然覺得有人正在俯視自己——就像當年俯視著螞蟻的自己，讓他害怕了起來。

「鹿野同學，不要發呆。」身後傳來丸山老師的聲音，友哉手上的光線瞬間消失。

「停電！不對，沒電了？」

「怎麼可能？這電池應該可以撐四十八小時。」

「備用電池呢？」

「既然電池都可撐上四十八小時，怎可能會帶備用電池。」

丸山老師點起打火機，友哉就著火光搖了搖手電筒中的電池，又把兩顆電池取出，交換了前後位置，但是手電筒依舊不發光。丸山老師不耐煩地咂了一聲，伸手取出友哉插在腰上的小田原燈籠，點亮裡面的蠟燭。

「真有情調。」丸山老師諷刺地說，舉起燈籠。

微弱的燈光照亮了剛剛手電筒的亮光下沒有看見的物品，令友哉倒抽一口氣。岩壁上有好幾層洞穴，每個洞穴都放了許多本子，有些是線裝，有些封面是布面，有的是皮革，還有凱蒂貓封面的日記。友哉覺得像是螞蟻窩般的地下隧道，一整面牆都是儲藏日記的倉庫。

（原來如此，鬼塚先生把賣不出去的日記都搬來這裡。）

友哉衝向書架，接二連三打開日記翻閱。

「鹿野同學，不要鬧了，趕快往前走吧。」

丸山老師嘴巴上這麼說，卻也和友哉一樣，拿起一本又一本的日記翻閱。兩人隨機拿起日記翻閱，又放回架上，簡直像是沉醉在文字之中。明明小田原燈籠微弱的燈光下根本沒辦法閱讀，卻覺得視野比LED燈照得還清晰。友哉拿起線裝的日記，看著其實根本讀不懂的草書心想為什麼古人讀得懂這麼莫名其妙的文字？

丸山老師拍了一下友哉的背，拿起小田原燈籠往前比：「鹿野同學，有人早我們一步來。」

「茉莉花小姐？」

距離友哉他們數公尺之處，身穿整套黃綠色針織衫的人一臉害怕地回頭。

5

「果然是茉莉花小姐，不對，是假怪盜花竊賊！」

友哉從丸山老師手上搶來小田原燈籠，向前方的女子走近。

茉莉花小姐像是遭到光束槍攻擊般節節後退。

「買走怪盜花竊賊日記的人是妳對吧，茉莉花小姐。」

「是。」茉莉花小姐的聲音小到近乎聽不見。

「模仿日記，以怪盜花竊賊之名寄出犯罪預告信的也是妳對吧，茉莉花小姐。」

「是我，可是……」茉莉花小姐打開肩上常見粉領族會背的那種小提包，熟練地翻找包包，拿出某個東西藏在手心。

（會是什麼武器嗎？刀子之類的？）

看到友哉緊張地後退，茉莉花小姐快速遞出手心裡的東西。

「住、住手！」丸山老師想的事情似乎跟友哉一樣，高聲喊著。

茉莉花的香氣濃度超越嗅覺的極限，友哉的鼻子什麼也聞不到。

「我叫石倉柚美，請多多指教。」

原來她拿出來的不是武器或什麼危險物品，而是名片。小田原燈籠一照，可以看見石倉柚美的名字旁邊印著車站附近的百貨公司名稱和總務課。

「啊？」

「我不叫茉莉花，我是石倉柚美，請多多指教。」石倉柚美再度點頭致意。

（還真是個有禮貌的小偷。）

見到友哉一臉困惑，柚美垂頭喪氣地說：「的確是我寄出犯罪預告信。我閱讀日記後，很想嘗試做一些像怪盜花竊賊那樣大快人心的事，於是偷偷闖進這裡。」無精打采地說完之後，又加了一句「對不起」。

「說對不起就能解決的話，就不需要警察和日記堂了。」

友哉教訓柚美的同時，在心裡想著這實在很像猩子會說的話。嗅覺恢復之後，又再聞到茉莉花的香氣。

「為什麼要做這種事呢？日記的影響再大，也不能因此就當小偷吧？」

「我想要改變自己，所以我想如果能痛下決心做點什麼，應該可以徹底改變自己。」

「鹿野同學，這是怎麼一回事？」

丸山老師的聲音聽起來很不耐煩，於是友哉約略說明假怪盜花竊賊的事。

「我是個空虛的人，男朋友也說我一點自我也沒有，雖然他已經離開我了……」柚美的臉龐在手電筒的光線中扭曲，模糊的聲音聽得出來是在哭泣。

「我原本和他同居，預定下個月要結婚。有次他不經意地告訴我說：『泡澡劑還是茉莉花香最好』……」

柚美於是立刻上網搜尋茉莉花香的泡澡劑，發現一箱有一千包，售價五萬日幣，結果她買了十箱，想藉此表示自己有多麼願意順從未來的伴侶。

「咦！所以妳總共買了一萬包，花了五十萬日幣!?」

友哉和丸山老師異口同聲地低語之後，啞口無言。

柚美的男朋友也是一樣啞口無言，他看到搬進家門的大量泡澡劑，當下判定兩人沒有未來，便留下鑰匙離開了。

「從此之後我就一個人住，泡澡劑怎麼用也用不完。」

柚美想拍掉身上味道，反而讓茉莉花的味道更加擴散，再度衝破友哉嗅覺的極限。

「可是啊……」丸山老師忍不住想插嘴。

量那麼大，一個人用跟兩個人用，沒什麼差別吧——正當丸山老師想這麼說時，哭泣的柚美打斷他的話繼續說：「課長一直說這檔晨間連續劇很好看，推薦我一定要看……」

於是柚美從隔天早上開始看那齣連續劇，但她家離公司有些距離，因而連續遲到好幾天，這下主管卻又為了遲到而嚴厲指責她，讓她不知所措。畢竟她只是想藉此表示自己多麼積極聽從上司的指示。

「我想你的主管應該是先錄起來，有空時才看吧。」

「原來、原來如此。」柚美頭低得更低了。

「我的穿著也是一樣，我根本不知道自己喜歡什麼樣的衣服，看到朋友或同事的衣服很好看，我就跟著買一樣的來穿，她們因此不喜歡我，教我不要模仿她們。」

「啊！」友哉想起來到蒿苣咖啡攤的那名客人，當時看到她的穿著和茉莉花小姐一樣，友哉嚇得差點打翻剉冰。

（石倉小姐該不會是學她吧？）

相較於那位開朗活潑的客人，石倉柚美給人的印象實在是薄弱到不行。

「我也不喜歡這樣的自己，所以想要找個不會跟隨他人，有著堅強意志的人學習。」

柚美尋尋覓覓的不僅是服裝和髮型的模樣，而是人生的範本，於是她找到了佐久良肇和紀猩子。

「怪盜花竊賊不會傷害人，也不偷取平民百姓的金錢，很帥氣對吧。」

「一點也不！」友哉惡狠狠地否定。

「結果妳也還是在模仿，且模仿的是小偷。只要不會為別人也不會為自己添痲煩，做自己想做的事情不就好了？難道當小偷是妳想做的事嗎？」

友哉詰問途中，突然發現其中一個答案。

「啊！所以妳才會把佐久良先生的日記……」

正當友哉要說出「偷走了」三個字時，柚美從包包裡拿出橘色封面的日記，說了聲近乎聽不見的「對不起」。

「妳真厲害，那個玻璃櫃可是上了鬼塚先生特製的密碼鎖。」

「對不起，我只是想如果是怪盜花竊賊，應該會這麼做……」

當柚美這麼想時，櫃子就打開了。

她是否察覺到自己的模仿天分超乎常人呢？心想模仿佐久良先生，竟然真的成為怪盜花竊賊，這表示柚美原本就具備不輸給佐久良先生的怪盜才能。

她憑藉著這份才能，選定了下一個目標——

「紀猩子所收藏的另一本紀貫之日記。」丸山老師補充說明。

在老師手上的小田原燈籠和比柚美的掌心還小的手電筒照耀之下，友哉的視線在兩人之間往返。

「所以我一直聞到的茉莉花香其實都是妳身上的味道對吧，石倉小姐。」

柚美手上的微弱光線不安地搖晃。

「上上個月潛進你住處的人是我。我想你是日記堂的員工，手上應該會有很特別的日記。」

「妳以為紀貫之的另一本日記在我手上？」

「是。」

話說回來，那所謂的是紀貫之的另一本日記究竟是什麼呢？這是柚美觀察她所景仰的猩子而得出的答案嗎？友哉還來不及詢問，柚美便先一步自白：「我本來想像偷怪盜花竊賊的日記一樣拿走你擁有的那本日記，因此才會寄犯罪預告給管理員。」

「啊，原來是這樣。」

柚美以為日記堂以不合理的價錢逼迫友哉買下的《猶豫日記》是格外貴重的特殊商品。她不是搞錯人，而是搞錯日記。

利用知名的怪盜花竊賊之名寄出宣告要偷走那本日記的犯罪預告信，潛入那棟公寓，因此留下每天都使用過量的茉莉花泡澡劑味道。

「那時我發現有其他人來趕緊躲了起來，結果另一名男子走進房裡，把那本日記拿走了。」

「那是我父親，他以為那是我寫的日記，事後還為了擅自偷看我的日記而道歉。」

友哉想起遭到逮捕的佐久良先生，心裡一陣混亂。佐久良先生雖然為自己犯過的罪行懺悔，但十三夜館的犯罪預告並非他所為。

「雖然十三夜館沒有任何損失，但當時佐久良先生差點就要抓到妳了。」

「是，我當初為了練習而潛進你的房內，之後尾隨從你房裡拿走日記的人——也就是你父親，又潛入一棟粉紅色的房子。」

「那是我爸媽家。」

「我看到書房裡貼了張藝廊的傳單，於是寄出犯罪預告信給藝廊，預備要潛入。」

「妳說練習，」丸山老師聳聳肩繼續說：「表示有其他的目標，即日記堂的店主所持有的另一本紀貫之日記。」

「對。」

柚美老實地承認，友哉則歪著頭提出疑問：「我不覺得日記堂有那本日記，妳所謂紀貫之日記是指……」

「鹿野同學，我之前告訴過你說《竹取物語》是紀貫之的日記對吧。你以一個很簡單的理由反駁了我，那我們就先且將它當做是虛構的，不過《竹取物語》和《土佐日記》有一點相似，那就是《竹取物語》是在一百個謊言中夾帶了一件事實，而《土佐日記》則是在一百件事實中寫了一個謊言喔。」

「那《竹取物語》中唯一的事實是什麼？」

「那就是呢，」丸山老師停下來吸口氣，把下一句話的興奮口吻一同吸入體中，再緩緩從胸口吐出：「我認為紀猩子就是《竹取物語》裡的輝夜姬。」

「啊？」

「這個結論不會太跳躍了嗎？」友哉笑了起來，就連柚美也委婉地反駁，但是丸山老師並不因退縮。

「我剛剛說過《土佐日記》是在一百件事實中寫了一個謊言，我堅定地認為那謊言就是紀貫之年幼的女兒過世那一段。紀貫之老來得女，但是愛女其實並未如《土佐日記》裡所說的早夭，她並沒有死。」

「亡女面容姣好。」友哉低語腦中浮現的這個句子，他還記得高中上課時念到這段，鼻子深處一陣酸痛。

當時母親的醫院來了一位狀況緊急的女病患，那天夜裡她獨自哭泣，哭聲甚至傳到了友哉的書房，明明那裡是不可能聽見樓下的聲音。友哉一直到現在都認為當時他聽見的不是哭聲，而是那女子深切的悲傷。

幾天之後，父母半夜對話的聲音也從打開的窗戶傳進友哉的房間裡。當時的對話和電蚊香的味道一起鑽進友哉的鼻子裡。

「這世上要是有能消除悲傷的藥就好了。我說的不是像藥草般敷在傷口上會緩緩發揮藥效的藥，而是一用馬上就能好的特效藥。」

父親回答母親：「就算有，那也不是藥，是毒。」

「可是我現在就需要能消除悲傷的藥。」

母親是因為想到哭泣的女子而同感悲傷嗎？還是為了尚未出生就已死去

的嬰兒而難過呢？友哉一直到現在都無法開口問。

「喂，你想想喔。」丸山老師響亮的聲音打斷友哉的思緒。「如果你的孩子就在眼前快死了，而你手邊有長生不老的藥，會怎麼做呢？難道會因為那是禁藥就捨棄，只用明知無效的藥草嗎？」

「遇上這種狀況，當然是顧不了那麼多。」

「我贊成鹿野先生的想法。」

友哉和柚美雖然說面對孩子快死的狀況會毫不遲疑選擇長生不老藥，但是友哉心想，如果是曾經身為醫師的父親應該會選擇藥草。

「但是老師，當下有長生不老的藥這個前提實在有點……」

友哉話才說到一半，丸山老師便直接打斷他：「我查到的紀錄當中，無論哪一個時代，都說有一位身著青色和服的女子隱居在安達之丘。這座小山是藥草的寶庫，在藩政時代就連藩主都不得進入安達之丘。」

「青色和服的人是指猩子小姐嗎？禁止進入安達之丘是因為有製作長生不老藥的原料嗎？」友哉想到自己因為誤摘茶葉而被迫當長工，覺得十分荒唐無稽。面對丸山老師過於跳躍的推理，除了笑之外也不知該做何反應。

但是丸山老師毫不退讓地繼續堅持著：「首先安達之丘為何必須是富士塚？因為面對言靈要誠實。紀貫之明白言靈的威力，因此打造了富士塚，好讓《竹取物語》這部日記的一部分得以實現，因為藏著長生不老藥的山一定要是富士山。」

「可是《竹取物語》的結尾並不是把長生不老藥藏在富士山，是燒掉了啊。」

「咦？是嗎？」

面對友哉的指正，丸山老師一臉狼狽。友哉望著他在小田原燈籠搖曳的火光下被照亮的臉龐，突然想到其他事情而有些興奮。

（如果真如丸山老師所言，那登天先生不就是紀貫之了嘛！要是有長生不老藥，用在自己身上也不奇怪，還是他送給猩子小姐的亮晶晶粉末就是長生不老藥？）

想到這裡，友哉的背脊升起一陣涼意。

（那亮晶晶的粉末怎麼可能是長生不老藥？毛蟹一沾上就死了。）

但是毛蟹原本就燙熟了，問題應該是已煮熟毛蟹為什麼會四處移動吧——回想起數小時之前發生的滑稽奇譚，當時混亂的心情又再度襲來。

丸山老師正思索著該如何修正自己一直相信的論點而陷入沉默，柚美還是一副坐立不安的模樣，彆扭地盯著自己的腳尖看。這時候突然傳來熟悉的聲音，在場的三個人都嚇得心臟差點跳出來。

「白癡！這世上怎麼可能會有長生不老藥。」

猩子站在三人面前，從青色袖子伸出的手臂，懶洋洋地放在鎖骨一帶。

這個人就是輝夜姬。

大概是受到丸山老師誇張的假設影響，友哉眼前的猩子就像從竹子裡誕生的嬰兒一樣閃閃發光。但是《竹取物語》裡的公主是散發金光的嬰兒，而猩子身上的微光則是與她身上的和服相同顏色——但這會不會是因為眼睛習慣了狹長人工洞窟的昏暗而產生的錯覺呢？

「丸山老師，你掌握到很關鍵的一點。」

「是、是嗎？」丸山老師雖然懾於猩子的氣勢，還是挺起胸膛。

猩子嘟囔了一句「真是麻煩」又繼續說：「如同丸山老師所言，《古今和歌集》的開頭不是說言語什麼事情都做得到嗎？所以爸爸在很久很久以前用的藥，不是喝下肚也不是塗在身上，而是用說的。」

「啊？」友哉和丸山老師完全被嚇呆了。

站在他們背後的石倉柚美驚訝地問：「咦？難道大家都沒有發現嗎？」

「石倉小姐，妳的意思是妳早就知道了嗎？」

看到友哉一臉佩服的模樣，柚美困惑地低語：「所以我才想要日記，我想要紀貫之的日記，但是我……」

柚美並非想要長生不老，而是希望憑藉自己的力量做出引人注目的大事，就像怪盜花竊賊一樣。

「妳想要的東西大概就在這些書架上吧。」

猩子甩動青色的袖子，比了比沒有盡頭的書架。

「我和你們相反，我想找的是長生不老的解藥，所以收集古今東西的言語——也就是日記。」

「妳說什麼？」

「簡單來說，紀貫之在女兒快死的時候，施下長生不老的咒語，害得女兒歷經千年也死不了，過膩了日子，只好開始尋找解開咒語的言語，問題是爸爸根本沒想過解藥這回事。」

「所以意思是說令尊也不知該如何是好嗎？」柚美輕聲應和猩子。

「怎麼會這樣……」

友哉的思考不像柚美這麼靈活，他覺得自己的腦袋有問題，搖搖晃晃地接近猩子。猩子望向三人，揮動雙手，帶動和服的袖子飛舞。

「沒辦法啊，你自己看，我就是一直活到現在啊。」

「啊……啊。」

「所有作品當中就屬日記最能真實反映作者的真心。回憶錄或部落格可就不行了，只要想到會有人閱讀，每個人都會下意識地美化自己，塑造自己想要的個性，展現出理想的自己，唯有日記寫的是真心話。」

「可、可是……」友哉的話中顯現著迫切的煩惱。

猩子等待友哉繼續發往下說，臉上是懷念著什麼的表情，出乎意料的溫柔眼神看著友哉。

「如果找到的話，猩子小姐就會死嗎？」

猩子像是用全身吸收友哉的疑問，眼睛瞇成一雙彎月，用力深呼吸一口後才開口道：「我不像那隻毛蟹，不會馬上死掉，只是跟你一樣，恢復終有老死的命運。畢竟你也不希望真美變成老奶奶的時候，你還是一副大學生的模樣吧？」

「我不要！絕對不要！」

「就是這麼一回事。」猩子的表情有些悲傷：「不會結束就跟不曾開始一樣，不會死也就等於不曾活過，所以我才要尋找長生不老的解藥。」

不需要的日記大多收納於這個人工洞窟做的書庫，一部分則放在日記堂出售。儘管這些日記並非猩子所需，但確實如她所言，具有拯救人心的力量。

「就像爸爸很久很久以前寫的一樣，言語可以影響人，也能拯救人。」

「所以登天先生就是紀貫之嗎？」

真美曾說過有一種話是聽到就會死，但是說的人在話一出口的瞬間也會聽到而跟著一起死掉，因此真美無法告訴友哉那是什麼話。但是反過來說，如果有永遠可以遠離死亡的話語，那麼在對瀕死的愛女說出之際，紀貫之——也就是登天先生便也一起變得長生不老了，是這樣嗎？

「看了這麼多日記，也沒找到我想要的解藥。」猩子的口氣和平常一樣，無奈地環視著依岩壁鑿的書架。

「妳該不會看漏了吧？」

「你的意思是要我全部重看一次嗎？」

友哉只是隨口說說，猩子卻大發雷霆，一旁的丸山老師終於回過神來，步步逼近猩子。

「就算沒有解藥，應該也有毒方——也就是令人長生不老的言語吧？」

猩子猛然回頭，望向臉上散發光芒的丸山老師。不知是因為憤怒還是只有她身後颳起了風，猩子綁成一束的黑髮在空中散開豎起。

「丸山老師，你問這個是想做什麼？」猩子高聲地問了之後，聲音變得低沉、令人感到不祥，就連表情都變得跟塑膠面具一樣冰冷：「而且，你們所有人剛剛都聽到了……」

猩子說話的同時拿出那瓶夕陽色的貝殼粉末，那正是瞬間殺死煮熟毛蟹的毒粉。在場的所有人都聽到千年以來的祕密，猩子想殺人滅口，友哉發覺她的心思，趕緊朝她衝去，一把抓住她的手臂。

「猩子小姐，我們什麼也沒看到，也不會說出去．請妳饒過我們一命！」

丸山老師聽到友哉這麼說，似乎也察覺猩子的意圖，想要抓住猩子拿著小瓶子的那隻手。

「住手！猩子小姐，妳不可以如此看輕人命！」

「你明明是來找長生不老藥，還好意思講這種話！」

友哉、丸山老師和猩子扭打成一團，然而猩子的臂力超乎想像得驚人。

「嘿！」猩子用力一甩，友哉率先被彈飛，撞到岩壁，塞在凹洞裡的日記隨之掉落。隨後丸山老師也遭到相同對待，一樣飛撞到岩壁。

耳邊傳來燃燒紙的聲音。丸山老師手中的小田原燈籠被甩掉，落在如枯葉般的老舊日記上。看到日記燒了起來，老師慌了。

「糟了！快把火滅了！啊！好燙！」

哀號與從架上掉落的日記，化為火雨紛紛落下。

「老師跟猩子小姐你們兩個是笨蛋！」

「我、我也這麼覺得！」

友哉和柚美驚聲尖叫，但火花已擴散到所有掉落的日記，一路延燒到書架，形成一道火牆。友哉想起第一次遇到猩子是五月的傍晚，橘色的山杜鵑叢盛開一如火紅的牆面，山杜鵑後方是牽起友哉與日記堂緣分的那片無人管理的茶園。

「鹿野同學，你在發什麼呆！」

耳邊傳來丸山老師的怒吼，把友哉喚回現實。

往後看可以發現之前的道路都遭到火焰吞噬，炙熱強烈的光線吞噬岩壁上的日記，一路逼近。

「往這裡走。」丸山老師兩手分別抓住猩子和柚美的手，大聲催促友哉。眾人只能朝人工洞窟的深處前進，這條路到底通往哪裡？整條路上都是易燃的日記，要是走向死路便會遭到火焰包圍。

友哉躲避火焰，不斷往深處前進的同時，可以聽到不輸給腳步的激烈心跳聲，但是另一種巨響掩蓋了清晰的心跳聲。

「往這裡！」

個頭最小的猩子頭頂附近出現一個和眾人前進的隧道交叉的橫向隧道。友哉看到時，丸山老師已在協助兩名女生攀爬進入那隧道，兩名女生再回身協助丸山老師爬上隧道，老師進入隧道後也伸手拉了友哉一把。

「嘿咻！」四人同聲一喝，友哉終於也爬進這橫向的隧道。

所有人都聽不清楚彼此的聲音，反倒是剛剛就出現的轟然巨響變得更加響亮，衝擊整個隧道。

橫向隧道的頂端和剛剛的隧道一樣，比友哉的身高高出許多。友哉知道橫向的隧道通往深處，稍微放下一顆心。然而他看見火焰逼近，急著要起身時水花卻濺了他一身。

「水？」

友哉的聲音軟弱無力，瞬間出現的轟然巨響又蓋過了他的聲音。大量的水從隧道深處衝往出口，激起水花。水面高度近乎一行人躲進的橫向隧道地面。友哉往下俯視強勁的水流，說不出話來。

「難道是自動灑水系統嗎？」

「大概是吧。」丸山老師緊張地詢問，猩子的聲音聽來似乎也有點緊繃：「鬼塚先生做事真是細心得令人肅然起敬。」聽起來像是在自言自語。

「這條橫向隧道連接到哪裡呢？」

「天知道。」

「我們走得出去嗎？」

「天知道。」

剛剛友哉等人受到火焰追趕時通過的那條通道如今已浸泡在從深處湧現的大水之中，水面上漂著燒剩的日記殘骸，變成一條黑色長河。

「應該也沒辦法游回入口對吧？」

「不可能吧。」

「那我們只能繼續前進了，也許會連接到其他出口。」

一行四人拖著腳步繼續走。牆面的書架還是不斷延伸，這裡的書架看起來比底下粗糙，塞在架上的日記看來隨時都會大量崩落，友哉膽顫心驚地盯著牆面邊前進。

「這裡明明一片漆黑，卻看得比在底下的隧道時清楚，真是太令人不可思議了。」

清晰的視野中出現了一座底下彷彿散發青色光芒的地底湖，池畔有根石柱一看就知道是人工打造，丸山老師衝上去，念出刻在石柱上的文字。

「池畔菖草深，故名菖蒲池。水色澄且清，如鏡堪照影。」

「是什麼意思呢？」

友哉靠在搖晃的岩壁書架上問丸山老師。正確來說，友哉靠的不是岩壁，而是挖個洞，把日記塞進去的一道牆。

不同於下方隧道裡的堅固書架，這裡不僅沒有書架，日記也破破爛爛，一碰就像泥土一樣破碎。

「這時候就不用管那和歌的意思了，各位，我們的運氣可能不錯。」

丸山老師的口吻聽來像是放下心中一顆大石頭，他如希臘雕像般的大臉原本看上去十分疲倦，從疲勞之中滲出的另一種情緒紓緩了他的表情。

「富士山有名為『忍野八海』的湧泉群，每一個湧泉都是從富士山內部湧出地表。湧泉群的名稱分別是出口池、御釜池、底拔池、銚子池、湧池、濁池、鏡池、菖蒲池……」

「丸山老師，這些小常識就省了，請直接講重點。」

煩躁的猩子打斷丸山老師的發言，老師故意咳了一聲以示抗議。

「所以呢，如果安達之丘是富士塚的話——不，安達之丘就是富士塚，這座地底湖相當於忍野八海中的菖蒲池。忍野八海位於山梨縣忍野村，每座湧泉池畔都立有石碑，上面刻有和歌。剛剛我念的和歌是刻在菖蒲池的石碑上的那首，菖蒲和鳶尾花的日文漢字都寫作「菖蒲」。簡而言之……」

「簡而言之」之後，友哉就聽不見了。友哉背後的土牆書架從天花板一路崩塌，他才「啊」的叫了一聲，牆壁和日記便一同倒塌。進入橫向隧道之後，莫名明亮的視野也在瞬間化為黑暗。友哉以為耳邊一直傳來尖銳的耳鳴，其實是柚美的哀號，他發現自己遭到砂土與破舊的日記活埋。儘管如此，友哉的意識卻十分清晰，可以聽到柚美發出哀號，丸山老師和猩子連珠炮般咒罵，邊忙著挖土。

「友哉同學友哉同學……鹿野同學鹿野同學……」

耳邊雖然不斷傳來猩子等人的呼喚，友哉眼前出現的卻是與現下毫無關係的幻覺。他看見的是自己在嬰兒時期，母親用小湯匙餵他吃她的拿手好菜牛奶粥，還沒有長牙的友哉露出笑容；當時任職於醫院的父親身上滿是藥水味，因此友哉不是很喜歡他的擁抱。接著看到的是……醫學院的考試項目包含物理、化學和數學。友哉每天和不擅長的科目奮鬥，但結果卻是得去跟補習班老師報告第二次重考失敗。當時補習班的老師對他說：「逃得掉卻不逃也是一種怠慢，阻止你逃走的不是別人，就是你自己。」

「老師你是說我作繭自縛嗎？」

「鹿野同學你懂不少成語嘛。」

友哉和補習班老師展開這段對話的那天，父親宣布不再當醫生，要改行去擺攤賣咖啡。

「友哉！」如針刺般尖銳的聲音呼喊著友哉的名字，六隻手爭相把他從土裡挖出來。猩子、柚美和丸山老師表情猙獰地撥開砂土，救出友哉。然而這群人明明目的是拯救友哉，但是看到他沒事卻又一臉驚訝。

「你居然還活著啊。」

「你至少活埋了十五分鐘，連一點可呼吸的空隙也沒有。」

「我沒事。」

友哉拍掉臉上的土，胸口跳出一隻灶馬蟋蟀，嚇得他像個小女生放聲尖叫。猩子冷冷地看著覺得灶馬蟋蟀很噁心而跳來跳去的友哉，接著丸山老師也以陰沉的眼神看他。

「咦？」

友哉看著一臉疑惑的眾人，結果猩子突然用盡力氣打了友哉一巴掌。

「好痛！妳在幹什麼！」

「真的嗎？你真的會痛？」

「咦？」

友哉撫摸挨了一巴掌的臉頰，發現其實一點也不痛。猩子的力氣大如男人，被她那麼狠狠一打，不可能不會痛。

「友哉，你進來之後讀了日記嗎？還記得讀的是哪一本？」

「咦？」

猩子說的話緩緩滲入友哉的腦中。友哉在進入地底書庫之後，隨意拿起數本日記翻閱，其中可能有一本寫了千年之前救了猩子一命的言語——也就是寫了長生不老的言靈。

「可、可是，我沒認真看，又看不懂草書。」

「就算你沒有讀的意思，腦子可能也記了下來。」

丸山老師抓住發呆的友哉，催促另外兩人來到地底湖畔。

「我們現在有更應該討論的事。」丸山老師望向青色的湖面繼續說：「剛剛我說到一半，這座地底湖是富士塚，也就是安達之丘湧泉群中的其中一個湖。如果人工山安達之丘也有相當於忍野八海的湧泉池，水路一定設計得更簡單易懂。」

「你的意思是說這個地底湖會通往地面上鳶尾花圍繞的池子對吧？」

柚美以比之前開朗許多的口吻接著丸山老師的話說。

＊

友哉等人潛入不知通往何處的青色水中，閉氣前進。友哉在潛水之際絲毫不覺痛苦，這應該是很嚴重的問題，不過四個人往前游了約二十五公尺游池的一半長度時就已抵達陸地。

「不會死就等於不曾活過。」、「不會死其實等於死了。」

猩子說過的話如同波浪般襲來，她千年以來感受到近乎絕望的倦怠，友哉今後也將體會。

「我不要！」如此吶喊的友哉從池子裡冒出頭來，這地方他來過。之前來時，池子四周圍繞著盛開的鳶尾花。當時他在安達之丘迷路，怎麼走都會繞回這個小池子。

闇夜裡找不到路很正常，但是池子附近就是日記堂，目前日記堂前的廣場正處於盂蘭盆舞的高潮。大聲的當地民謠當中，可以聽到喇叭反覆播放摻雜著雜音的尋人廣播。

「鹿野友哉先生，鹿野友哉先生，請至射擊攤販大吉屋，您的朋友正在等您。」

「大家沒事嗎？」猩子問，她的聲音在噪音與噪音之間忽隱忽現。

啪！啪！啪！

但是三人還沒開口回答，猩子便舉起纖細的手，用力打了每個人一巴掌。

「好痛。」

「好痛。」

「不痛。」

猩子確認最後一個回答的是友哉之後，以一樣的力道打自己巴掌。

「對，我也不痛。」

猩子聳聳肩回答，就連她身上和服也乾爽如常。友哉雖然驚訝於連衣服都能長生不老，一看自己發現身上衣物也是一樣乾燥。

（怎麼會這樣！）

友哉雙手抓住乾燥的T袖下襬，轉身隱藏湧上眼眶的淚水，然而轉移視線時卻瞥見猩子的行動，讓他忘記眼淚，大聲吶喊：「猩子小姐，那是妳殺毛蟹用的毒。」

「是啊，這要是溼了就糟了。」猩子回答得很悠哉。說完之後，她做出和在安達之丘隧道裡一樣的行為——拿出裝有夕陽色貝殼粉的小瓶子，準備要打開瓶蓋。

貝殼粉末反射月光，顏色比白天看時更深。想到顏色愈美，毒性愈強，友哉更加不安了。

「丸山老師，快阻止猩子小姐！」

丸山老師聽到友哉說的話，也不顧全身滿是水便衝向猩子。

猩子的眼睛露出狡猾的笑意。她的手如同青蛙的舌頭，一伸長就抓住柚美。柚美的哀號和友哉出聲想要制止的聲音混在一起，猩子開心地揚起嘴角：

「要是有人敢把剛剛在地底下發生的事情說出去的話……」

友哉和丸山老師衝過來想救柚美時，猩子甩起青色的袖子。

冰沙般帶有清涼感的彩色煙火在遙遠的西方夜空升起。今晚是中元節的最後一天，四處都舉辦了祭典。具備廣大停車場的購物中心一如往常，舉辦煙火大會。

「嘿！」猩子像個天真爛漫的少女叫了一聲，把裝了毒粉的小瓶子往上一甩。

亮晶晶，亮晶晶，亮晶晶。

流傳千年，華麗又珍貴的寶物——夕陽色的粉末在四個人的頭上飄落。

滿天星斗化為背景，遠方的煙火彷彿盛開在友哉等人的頭頂。在祭典嘈雜的聲音之中，友哉耳邊突然傳來浪潮聲。

「岩岸的白浪和妳的臉蛋，何者為白？」

「父親大人的頭髮最白。反射夕陽，甚為美麗。」

友哉眼前出現在海邊與年幼女童玩耍的歌人幻影。

6

年長婦女在跳盂蘭盆舞的高台上輕巧地揮動雙手跳舞。

友哉和真美手牽手，走下飛坡。

「鹿野同學剛剛是去那裡啦？我在射擊遊戲的攤子等了三十分鐘，以為你不會回來，還請大會播了尋人廣播。」真美嘟著嘴巴，手裡抱著巨大的泰迪熊。

「三十分鐘？」

友哉和假怪盜花竊賊柚美、丸山老師和猩子所經歷的地底探險才三十分鐘嗎？

（怎麼可能？）

雖然如此自言自語，但是究竟什麼事情不可能，就連友哉也搞不清楚了。入口處位於安達之丘頂端的地下隧道書庫、丸山老師所追尋、猩子口中的那本古老日記、地下隧道的火災與洪水、使友哉自己變得長生不老的意外、猩子撒的毒藥……這些只要一說出口，都會被笑說怎麼可能會有這種事？

（不過好在大家都沒事。）

猩子說要去洗澡換衣服便走進日記堂，柚美加入盂蘭盆舞的行列，丸山老師早友哉他們一步走下飛坡。

（可是真的沒事嗎？）

友哉的手撫摸沾了貝殼粉末的肩膀，望向自己的掌心。遭到砂石掩埋和潛進水裡也絲毫不覺痛苦，不就是表示自己得了長生不老這種可怕的疾病嗎？

「你不希望真美變成老奶奶的時候，你還是一副大學生的模樣吧？」猩

「治好了什麼呢？」

「夏季感冒之類的病。」

「笨蛋才會夏天感冒對吧。」友哉想起之前也曾經有過類似的對話，興奮地回答，然而心中湧起的另一股思緒卻為當下的歡喜帶來一抹陰影。

（真的只會開心嗎？不會覺得寂寞或後悔嗎？）

另一個疑問也隨著漠然的寂寥一同浮現腦海。

「那麼石倉小姐和丸山老師也沒事嗎？」

「嗯，那兩個人也不用擔心。」

丸山老師為大家帶來麻煩的人生志業和石倉柚美的小偷修行成果，如果都能藉由讓人失去記憶的貝殼粉末抹消就太好了。只是猩子本身對於貝殼粉末的功效也沒有把握。

貝殼粉末倘若能單單消除丸山老師過於艱深與靈異的紀貫之研究和石倉柚美的怪盜才能，未免也太方便了。

猩子光看友哉的眼神就知道他在疑惑什麼。

「最近的感冒藥都是醫治最嚴重的症狀。」說完之後，猩子壓低聲音以免真美聽到：「這種藥也是讓人忘記最重要的事情，不過我沒想過結果會這麼順利，當然我事先已做過實驗……」

猩子上個月對燙熟的毛蟹說要牠長生不老，燙熟的毛蟹果真復活了，而後猩子對牠撒了一把貝殼粉末之後，毛蟹便又死了——當時友哉也目擊了這一幕。

由於實驗對象是毛蟹，猩子無法判斷毛蟹是否具備記憶能力，也無法確認貝殼粉末是否只針對長生不老的話生效。簡而言之，猩子昨晚對所有人灑貝殼粉末時，並不能保證大家一定可以完全恢復。

「萬一有什麼閃失，所有人都會陷入嚴重的記憶喪失，好在最後大家都沒事。」

「猩子小姐，妳喲！」

對猩子貿然行動感到無言的友哉發現真美在身後驚訝地看著他，趕緊擠出笑容。猩子把視線轉向店門外，彷彿在確認什麼。

「友哉，你可以幫我去附近把爸爸找來嗎？」

「登天先生來了嗎？」

「他一定在附近烤篝火，要是引起火災就糟了。」

友哉想起昨晚的事，馬上脫口而出：「是啊。」

另一方面，真美眼睛閃閃發光，盯著猩子的臉猛看。

「猩子小姐的父親也來了嗎？我可以和友哉一起去嗎？」

好奇寶寶真美要是知道登天先生是紀貫之的話，會有多麼驚訝呢？比起紀貫之，要是知道現在說話的對象是輝夜姬的話，又會有什麼樣的反應？

真美套上高跟涼鞋衝出去，友哉則正好相反，被自己球鞋的鞋帶絆到。

友哉忙著綁球鞋時，猩子對著他的背影說：「友哉，你來店裡打工也滿三個月了呢。」

「是嗎？啊，好像是。」

「那麼，這給你。」猩子說完之後，遞出一個信封，上頭寫著「薪水」。

「薪水？怎麼了嗎？」

「唉呀，你不知道什麼是薪水嗎？就是勞動的代價和各種津貼。」
「我知道薪水，可是妳不是說我得做兩千五百個小時的白工嗎？」
「你不要，我就收回來了。」
「不，我要、我要。」
友哉急忙打開信封，發現裡面只有三張千圓鈔票。
「哇！怎麼這麼少？少到不可置信！」
「有意見的話，你也不用再來了。」
「咦？」友哉發出一聲怪叫後回頭。
（這是怎麼一回事？）
「不可以逃喔，就算你逃了，我也會追上你。」、「這下子你要做兩千五百個小時白工喔。」猩子之前明明總是想要綁住他，現在卻突然說「不用再來了」。
「我沒有要辭職的意思，如果妳想違法解雇我，我可是會生氣的。」
「隨你便。」

風從敞開的店門口吹進來，一路吹過裡面的和室。

猩子似乎放棄修補破損的和服，收起裁縫箱。友哉盯著猩子的側面，想起剛開始打工之際，她曾說過的話。

（猩子小姐認為長生不老的解藥隱藏在日記當中，所以一直收集日記，結果解藥不是日記，而是貝殼粉末。）

「找到之前，我不會結束這門生意。」

（現在不但找到解藥，還發揮了藥效。）

日記堂販賣的是不符合猩子需求的日記，既然猩子已經達成千年以來追求的目標，便沒有理由要再繼續經營下去。

「猩子小姐妳不會要關掉日記堂吧？畢竟地下洞穴的庫存全燒掉了。」

「那當然是……」

猩子的眼睛眨也不眨，直視友哉。

靜不下心的友哉一直用手摩擦牛仔褲的膝蓋，努力不要逃避猩子的視線。

兩人對望時，猩子瞇起眼睛微笑：「只要世上還有人與言語，日記便不會消失，所以日記堂的任務不會改變。」

「太好了！」

友哉解開綁好的鞋帶，走進店裡向猩子鞠躬後，興奮地跑出日記堂。

還以為已先出發的真美原來在日記堂門旁等著，她似乎聽見剛剛友哉和猩子的對話，一臉安心地仰望友哉，說出和友哉一樣的話：「太好了。」

登天先生在安達之丘的山頂點燃篝火，和友哉那天的夢境一樣。

他燒的果然是自己的日記。紀貫之的日記不只一本，而是多到可以像這樣一本又一本地燒掉，友哉相信一定還有別本。

「一不小心留下來的話，會被小猩拿去店裡賣掉。」

登天先生滿是皺紋的小臉露出笑容，換上嚴肅的表情。

「這裡面寫的是我年輕時認為『言語可以撼動天地』這種狂妄的想法。當時的回憶經由這樣一燒，也會升到天上。」

友哉的視線轉移到驚天動地的冒險入口——佛堂，氣氛還是一樣陰森，原本半開的木格窗戶現在徹底緊閉，是登天先生關上的吧，友哉心想。

「呃，登天先生，我可以請教一件事嗎？」

友哉凝視著篝火中緩緩化為灰燼的日記，躊躇地開口。

「什麼事呢？」

「為什麼登天先生自己不用可以讓人失去記憶的貝殼粉末呢？也就是……」

如果猩子不再是長生不老的輝夜姬，那麼未來就只有登天先生會一直維持原本的模樣，這種日子不是很痛苦嗎？

登天先生似乎聽到友哉沒有說出口的話，埋在皺紋當中的眼睛露出微笑。

「因為我還有工作啊，我還要和鬼塚先生等其他人一起工作。」

「啊！鬼塚先生，原來如此，鬼塚先生啊。」

友哉似懂非懂地再次望向佛堂。鬼塚先生看到那被水淹過的火災遺跡，會說什麼呢？還是猩子已經不需要收集那麼多日記，鬼塚先生也就不必再運送日記了？

「妳將來會嫁給鹿野先生嗎？」登天先生對著真美問。

不經意卻又突如其來的問題打斷友哉的思考，他戰戰兢兢地轉動眼珠，發現真美點點頭，動作看上去比以往都更可愛。

「嗯，大概吧。」真美看向友哉，尋求友哉的同意。

友哉吸了一口氣，視線回到真美身上，露出微笑。

「嗯，一定會。」

「你們看。」登天先生輕輕地抓住兩人的手臂站起來。他俯視山下，視線轉向更遠的遠方。

「站在這裡可以聽到電車的聲音，也看得見海。」

如同模型的街道刮起初秋的風，安達之丘上的蟬叫聲也夾雜著其他秋季昆蟲的鳴叫聲。

「小猩接下來也會像這樣感受時間的流逝，希望你們之後也繼續跟小猩做朋友。」

登天先生又再蹲到篝火前，從日記的灰燼裡拿出用鋁箔紙包的烤馬鈴薯。

後記

一直以來我有張烏鴉嘴，只要是我說的話，一定不會實現。

如果我說會順利，就必定會失敗；如果我說沒問題，就一定會發生重大的麻煩。無論是戀愛、工作、樂透還是抽獎，無一不能倖免。

既然如此，我就全部說反話吧，結果變成一個老是抱怨「這也不行，那也不行」的人，朋友紛紛離我遠去。儘管如此，我還是為自己的烏鴉嘴命名為「逆言靈」，直到現在都還是口出抱怨，只是這招「逆言靈」的祕招用到現在，還沒發生過好事。（怎麼會這樣？）

《幻想日記店》是改寫自《日記堂奇幻故事》這部連作短篇小說，原本是更輕鬆的幻想小說，然而為了追究謎樣的女主角猩子的真面目，於是讓以前的作品《幻想郵局》裡的登天先生和鬼塚先生再度登場。既然是《幻想系列》，就必須更加誇張，可以更完整地描寫身材壯碩的鬼塚先生和不可思議的登天阿公，令我非常開心。

回到作品上，此次的舞台是販賣日記的商店——日記堂。日記是心靈糧食，而日記堂是基於這句話的精神而買賣善男信女的日記。

所謂日記是作者隨心所欲書寫的結果，充滿純粹的言靈。日記與作者的日常生活緊密相關，因此無須像超能力者一樣，每次使用超能力都必須集中精神，任誰都能說出充滿力量的言語——我是如此認為。

日記往往也是解開歷史、考古學、文學等各種領域謎題的關鍵。日記必定是言靈之書。就算戀愛和工作都沒一件好事，就算樂透和抽獎從來沒中過，有著相同遭遇的人說出來的話或許可以提供超乎藥物的功效，從很久以前就有人這麼說。

紀貫之在《古今和歌集》假名序中宣稱：「（和歌，也就是言語）無須注力便能憾動天地」。紀貫之的乳名是阿古久曾，我相信這一定是為逆言靈而取的名字，因為「久曾」的日文同音字是「大便」；更不用提言靈大魔王紀貫之本身也就是《土佐日記》的作者。

《幻想日記店》因為有言靈與日記的設定，進而連結到紀貫之。我在這本小書中藏著一位如此偉大的先人，希望大家來找找他的身影。

《土佐日記》中紀貫之親人過世的段落是小說的隱性主題，永生不滅與必定消失、不死與死亡，看似水火不容的兩種現象，總有一天會合而為一，這是我在寫作這部小說時所理解到的事情。

平成二十五年一月

堀川麻子

娛樂系 011

幻想日記店

作者　堀川麻子
譯者　陳令嫻
責任編輯　王淑儀
美術設計　POULENC
書衣插畫　tamaki
書衣裡插畫　chocolate
內文排版　高嫻霖
總經理　戴偉傑
出版顧問　陳蕙慧
發行人　林依俐
出版　青空文化有限公司
台北市106大安區仁愛路四段107號7樓
讀者服務信箱：service@sky-highpress.com
總經銷　大和書報圖書股份有限公司
電話　02-8990-2588
印刷　前進彩藝有限公司
出版日期　2016年2月　初版一刷
定價　200元
ISBN　978-986-92263-4-9

國家圖書館出版品預行編目(CIP)資料

幻想日記店 / 堀川麻子著 ; 陳令嫻譯 . -- 初版 .
-- 臺北市 : 青空文化 , 2016.02
336 面 ;　10.5 x 14.8 公分 . -- (娛樂系 ; 11)

ISBN 978-986-92263-4-9(平裝)
861.57　　104029058